COLLECTION SÉRIE NOIRE

Créée par Marcel Duhamel

Parutions du mois

2287. PIRAÑA MATADOR
(OPPEL)

2288. COSMIX BANDITOS
(A. C. WEISBECKER)

413. EN DOUBLE
(JACK FINNEY)

1584. MONDE DES TÉNÈBRES
(ROBERT BLOCH)

A. C. WEISBECKER

Cosmix Banditos

TRADUIT DE L'AMÉRICAIN
PAR RICHARD MATAS

nrf

GALLIMARD

Il a été tiré de cet ouvrage une édition de tête hors commerce de 1500 *exemplaires numérotés de* 1 *à* 1500, *réservée à la presse et aux libraires.*

Titre original :
COSMIC BANDITOS

« Dieu ne joue pas aux dés avec l'Univers. »

Albert Einstein

« Non seulement Dieu joue aux dés avec l'Univers, mais encore les jette-t-il là où ils ne peuvent être vus. »

Stephen Hawking

1

EXIL
A COMPTER D'AUJOURD'HUI
JE SUIS TRÈS PAUVRE

Hier j'ai dit à José de me rapporter une boîte de Milk Bone Flavor pour petits chiens. Mon chien, High Pockets, c'est son nom, pèse largement ses cinquante kilos. Comme je ne voulais pas l'inquiéter outre-mesure, j'ai dit à José d'aller emprunter une bonne poignée de Milk Bone Flavor pour gros chiens à un de ses cousins en ville, propriétaire d'un gros chien. (Un coup de veine parce qu'en Colombie il est devenu difficile de se procurer du Milk Bone Flavor que ce soit pour chiens gros ou petits).

J'avais accoutumé High Pockets à de canines folies gustatives avec ce Milk Bone Flavor pour gros chiens et voilà que je lui refilais du Milk Bone Flavor pour petits chiens.

Si High Pockets s'est aperçu que la taille de ses friandises diminuait, il n'en a rien laissé paraître. Simplement à chaque fois que mon regard se posait sur la boîte avec ce fichu Pékinois, ou race approchante, dessus, en train de me tenir à l'œil, ça me déprimait.

High Pockets a pris ce bouleversement dans notre façon de vivre avec pas mal de sang-froid — et puis une petite caresse sur la tête, un mot aimable ou bien même un de ces Milk Bone Flavor pour petits chiens suffisent pour le distraire de sa mélancolie. Il a su manifester une compassion, une souplesse de caractère étonnantes. Certainement il avait dû pressentir cette banqueroute retentissante et s'y était moralement préparé.

En ces moments difficiles sa vision optimiste du monde est pour moi un perpétuel sujet d'émerveillement. Et j'ai la très ferme impression qu'aucun des ancêtres de High Pockets n'a été un riche propriétaire canin, ceci devant expliquer — en partie du moins — son insouciance en matière d'argent. Son apparence physique traduit parfaitement cette attitude. Il est d'assez grande taille ainsi que je l'ai déjà indiqué et se trouve doté de la langue la plus longue jamais répertoriée chez un mammifère — toujours pendue (même lorsqu'il dort). Ses oreilles dépareillées lui font un air clownesque. Le poil mi-long (tout comme chez moi), d'une sorte de nuance brun-rouge avec, disséminées au hasard ici et là, des taches blanches (à propos mes cheveux sont brun foncé). Pour conclure disons qu'il est le fruit, lors d'une nuit folle, d'une partie de dés sur le tapis génétique de la race canine.

J'aime à l'occasion m'étendre par terre dans ma salle de bains et me laisser bercer par le goutte à goutte de ma plomberie rudimentaire. High Pockets se trouve alors toujours présent à mes côtés. Ses relents de Milk Bone Flavor, sa truffe froide offrent, comment dire, une garantie à la sérénité — sans laquelle cette sérénité finirait par fuir comme le reste de ma tuyauterie. Le bruit de l'eau courante, la proximité de cette âme canine enchanteresse et le confort que réserve un linoleum détrempé ont l'art d'entraîner mes incessantes pensées vers des rêveries des plus délicieuses. Parfois

José rapplique et nous jouons aux cartes ou aux dominos sous la surveillance de High Pockets. En ces circonstances particulières, José et moi d'ordinaire nous envoyons en l'air jusqu'à en perdre connaissance à coup de drogue et d'alcool.

Quand nous ne sommes pas allongés sur le sol de la salle de bains, High Pockets et moi-même aimons à nous étendre sur les graviers et les chardons qui jonchent la cour et à écouter ma pauvre petite radio diffuser la seule station que l'on puisse capter à Santa Marta au fin fond de la Sierra Nevada. Parfois je coupe le son et nous écoutons rien du tout.

L'autre jour High Pockets et moi-même avons décidé de bricoler dans la cabane — en prévision de la saison des pluies dans les trois mois à venir et tout... J'avais donc dit à José de nous rapporter un marteau et quelques clous. Nous avons démonté ce qui restait de la véranda et nous nous sommes servis de la récupération pour effectuer les réparations du toit. Puis je suis ressorti dans la cour, afin d'y disposer des boîtes de conserve, des bouteilles, et j'ai tiré dessus avec mon M. 16.

Legs comme d'habitude a fait son apparition peu après cette séance de tir, rampant vers mon M. 16 afin d'aller s'enrouler autour de la chambre de tir et d'y passer sa sieste de l'après-midi. Legs est un petit boa constrictor qui a élu domicile sous la cabane. Il aime la chaleur de l'arme quand elle a tiré quelques centaines de cartouches. Si je m'étais servi du 9 mm — José me l'a offert pour mon anniversaire — il se serait enroulé autour du 9 mm. Ça a pris un mois environ à Legs pour reconnaître d'emblée l'arme dont je viens de me servir et à présent il se dirige droit dessus sans plus avoir à fureter avec sa petite langue rose ainsi qu'il l'a fait la première fois. On dit que les serpents sont sourds, mais j'imagine que Legs perçoit les vibrations dans l'air ou un truc dans ce goût-là. Bref il sait faire la différence entre un 9 mm et un M. 16. Je tiens ça pour acquis.

High Pockets ne prête pas une grande attention à Legs, et Legs ne s'intéresse pas beaucoup à High Pockets — simplement ils ont établi entre eux une sorte de modus vivendi. High Pockets s'est engagé à ne pas tarabuster Legs et Legs s'est engagé à ne pas mordre High Pockets sur le museau et à ne pas lui infliger de la sorte ces petits trous d'où le sang viendrait à s'écouler.

Si problème il y a, c'est la nuit qu'ils surgissent. Legs parfois rentre tard après une soirée de reptation dans la forêt vierge. A la suite d'une mauvaise soirée où aucune rencontre ni quoi que ce soit ne s'est produit, il aime venir se coucher dans mon lit et dormir en ma compagnie, particulièrement lorsque la nuit est fraîche. High Pockets dort aussi avec moi.

Legs est un petit gars facétieux et High Pockets déteste se voir réveillé en pleine nuit et tiré de ces rêves étranges propres aux chiens. En conséquence les conflits nocturnes se produisent, disons, une fois par semaine. J'ai constaté que le mercredi était jour de prédilection pour ce faire — pour autant je n'ai aucune idée du pourquoi ou du comment. J'en ai parlé à José et il m'a promis d'aller se renseigner auprès d'un gars averti de la région qui en sait long sur le serpent et sa psychologie. Mais l'Indien connaissant surtout une sorte de bouffées délirantes n'a pas pu s'entretenir avec l'ami de José, ni de serpent ni d'autre chose.

Depuis que nous n'avons plus l'électricité là-haut, les

nuits sont plutôt lugubres, mais nous disposons de lampes à huile et d'un réchaud à pétrole.

Un soir José a amené un de ses copains et tous ensemble nous avons passé un bon moment — hormis High Pockets qui avait la courante et qui a consacré l'essentiel de sa nuit à camper dans le jardin.

José affirme que d'ici deux, trois mois, quand les choses se seront un peu tassées, nous pourrons High Pockets et moi-même redescendre en ville une fois de temps à autre, pour y jouer au billard et nous y enivrer avec José et ses potes Banditos.

José et moi avons plein de choses en commun. Tous deux dans la trentaine (José « fait » un peu plus vieux), et chefs-nés tous deux. Je suis un peu plus grand que José et José est un peu plus râblé que moi (mais définitivement, il n'a rien de l'obèse). Fort comme le taureau proverbial et aussi prompt à se déchaîner. Ce qui à l'origine était déjà une étroite amitié, des événements récents en ont fait une belle fraternité. En résumé, José et moi sommes frères de sang. Frères spirituels. Frères de la côte. Banditos fraternels. Je remets entre les mains de José chaque jour de ma vie ; lui, le seul humain qui sait où je veux en venir. Il n'amène ici ses potes Banditos que lorsqu'ils sont trop saouls pour se souvenir du chemin emprunté. Si je ne devais jamais plus compter sur une nouvelle amitié, je me considérerais comme comblé d'avoir connu celle-ci. High Pockets ne juge pas la chose autrement — il est très sûr dans ses jugements.

José accompagné de deux membres de sa clique s'est rendu à Santa Marta la semaine dernière (un long voyage à dos d'âne, et en Land Rover), et a empaumé une famille d'Américains à l'aéroport. Un appareil-photo et plusieurs livres faisaient partie du butin. José me les a offerts — ce qui est gentil de sa part. J'ai donc pris une photo (il ne s'était pas procuré de pellicule), ça ne m'a pas empêché de soigner le cadrage.

Il m'a également offert un échantillon de leurs affaires personnelles y compris des cartes postales prêtes à l'emploi (il avait décollé les timbres), et visiblement rédigées lors de ce funeste voyage en provenance d'Aruba. Ayant peu à faire, j'ai en quelque sorte porté une attention Sherlock Holmesienne sur ces pièces à conviction. Si l'on assemble les morceaux d'identité, ça fait une famille de quatre membres originaires de Sausalito, Californie. Un père, une mère et deux adolescentes. L'une des filles, Tina, c'est son nom, avait écrit à son petit ami, Tom, l'informant qu'Aruba, c'est joli et que son espoir à son retour serait de pouvoir reprendre les choses à deux. Puis elle clamait l'amour qu'elle lui portait et ajoutait environ un millier de petits X (comme dans un film classé X) tout autour de la carte, rendant pratiquement illisible l'adresse (à Sausalito également).

A vrai dire j'estime que Tina est une grande salope. La pute écrivait aussi à un type de San Francisco, Gary, c'est son nom à *celui-là,* et lui distillait son venin, ce qui m'amène à penser que ce vieux Gary aura droit à une scène mouvementée lorsque Tina sera de retour. Elle clamait pareillement qu'elle l'aimait lui et s'appliquait de sa petite signature habituelle à coups de classé X. Pour mon propre compte, j'ai additionné les X sur les deux cartes. Tom l'emporte aux points (dans la mesure où un plus un font bien deux), mais les classé X de Gary sont plus nets, distribués de façon plus harmonieuse. J'envisage à présent de concocter un mot à l'usage de ces deux connards afin de les prévenir de leurs postures, dans la mesure où cette petite garce a quelque chose à voir là-dedans. A mes moments perdus, j'en ai parlé à José et il estime que je devrais m'exécuter — ajoutant que s'il en avait été informé lors du coup monté de l'aéroport, il aurait poignardé Tina sur-le-champ. José était tellement bouleversé qu'il menaçait de retourner à Santa Marta de façon à venger la virilité bafouée de Tom et Gary, mais je doute qu'il agisse jamais ainsi.

L'autre sœur, Ruth, avait rédigé environ une vingtaine de cartes postales, et aucune ne valait la peine d'arriver à destination. Et comme un fait exprès, la correspondance de Ruth me déprimait. Elle s'adressait le plus souvent à sa famille, à ses amies et d'après son choix des photos sur le recto des cartes je soupçonnais Ruth d'être une jeune personne à problèmes. Mon soupçon comme quoi elle serait introvertie et trop grosse, José l'a confirmé. Il rapportait qu'elle s'était tenue figée à regarder ses pieds alors que le reste de la famille s'égosillait et cherchait l'issue. José racontait qu'il avait même ressenti, en plein feu de l'action, un élan de sympathie au spectacle de cette jeune fille mélancolique et léthargique chronique.

Kimberly est le nom de la mère et elle n'avait écrit qu'une seule carte, à son médecin. Elle l'assurait que son infection était guérie, et signait.

Le père, soit n'avait pas du tout écrit de cartes, soit s'était arrangé pour les poster à l'aéroport avant que José et ses petits gars ne leur tombent sur le dos.

Les divers effets personnels de la famille n'offraient sur leur compte pas de grande indication supplémentaire, si ce n'était qu'elles renforçaient mes soupçons concernant Tina. La nymphomaniaque d'âge mineur avait pour le voyage emporté son diaphragme. Je savais qu'il lui appartenait parce qu'il était soigneusement dissimulé dans une pochette de sa trousse de maquillage avec ses initiales dessus. Visiblement la petite cochonne ne voulait pas qu'un officiel des douanes l'exhibe devant ses parents. Evidemment elle se disposait à terroriser sexuellement les populations de tout pays où ses parents l'amèneraient à traîner. Dans ma correspondance à venir je ne manquerai pas de rapporter ce fait à Tom et Gary.

Pour autant je ne compte pas révéler à José quoique ce soit concernant le diaphragme. Il est facile à faire disjoncter quand un sujet le touche, et ses réactions deviennent imprévisibles.

Un exemplaire du magazine *Seventeen* figurait dans le stock de lectures des parents — appartenant à Tina sans aucun doute. Je l'ai lu de bout en bout, pratiquement écœuré par tous les articles. Je n'avais pas longuement séjourné aux Etats-Unis ces temps derniers (et si pour quelques raisons je voulais y retourner, je ferais mieux de n'en rien faire), et je n'avais pas imaginé à quel point durant mon absence avait pu se relâcher la fibre morale de la jeunesse américaine. En qualité d'exilé je sens que je dispose d'un certain recul et qu'il m'autorise à porter un jugement moral sur la question. Me fondant sur *Seventeen*, j'en suis venu à conclure que les femelles pubères en Amérique ont complètement perdu la boule.

Néanmoins après lecture de ce fichu truc mon attitude à l'endroit de Tina s'est quelque peu assouplie. Soumise évidemment à cette incroyable pression sociale, sa nature génitale, salement développée la conduit aussi souvent que possible à copuler ou à s'autosuggérer des bouffées de chaleur.

J'ai commis l'erreur de traduire pour José un des articles. Il s'est mis à glapir, effrayant à mort High Pockets qui a bondi par la porte et a disparu dans la jungle.

De façon flagrante, ce qui restait du stock de lecture appartenait au père, à moins que la *Physique subatomique des particules* et la *Cosmologie* ne fassent partie des lectures de Tina en plus de ses intérêts plus biologiques. J'ai l'impression que ses connaissances en physique nucléaire doivent au mieux se résumer dans la creuse vulgarisation de la théorie du Big Bang.

Les titres de ces ouvrages suffisent à ébranler intellectuellement une personne d'intelligence moyenne. Quoi qu'il en soit, ayant peu à faire, je me suis plongé dedans. Le soir, après un copieux dîner, j'ai donné plus de lumière à la lampe à pétrole et j'ai fait la lecture à High Pockets tandis qu'autour de notre petite demeure les bêtes sauvages grondaient et hululaient. Un truc prenant, particulièrement si l'on se trouve isolé dans la jungle pour un bon bout de temps avec un chien, un serpent, et une infinie quantité de drogues. Ainsi :

> *« Le pluriel d'univers que définit la mécanique des quanta affirme que les éditions différentes et simultanées de notre vie dans ce pluriel d'univers, en nombre incalculable, sont pour chacune d'entre elles réelles.*
>
> (Gary Joukov)

J'ai lu ce paragraphe plusieurs fois à High Pockets. Puis j'ai reposé le livre, fumé un joint, me suis servi quelques rasades de rhum fabrication maison, et je l'ai relu pour moi-même.

Jusqu'à ce que je tombe sur ce passage je n'avais pas pris ce livre très au sérieux. Je jugeais que c'était un merdique n'importe quoi, ça sautait aux yeux, mais ce concept, je dois le dire, m'a fait revenir dessus.

> *... différentes éditions de notre vie en de nombreux et différents univers... et toutes celles-ci sont réelles.*

Sainte merde ! pensai-je pour moi-même en un éclair de lucidité. J'allumai un autre joint, exhalai la fumée de façon contemplative.

— Lorsqu'il parle d'« éditions », qu'est-ce que tu crois, demandai-je à High Pockets.

High Pockets gémit comme il le fait toujours lorsque je m'adresse à lui directement, et je fus peu certain de ce qu'il voulait signifier ainsi. Il éternua plusieurs fois.

Le lendemain, venant du village, José montait son petit âne, Pépé, chargé de nourriture, munitions et drogues.

Il put voir que j'étais soucieux. Je n'avais pas bien dormi. Je le fis asseoir et entrepris de lui expliquer les problèmes que me posait l'idée de nos existences simultanées dans des mondes différents. Il écoutait, hochant doctement la tête, puis il m'assura de ne pas m'en faire. Il avait un copain qui connaissait un Indien pour qui ces histoires étaient familières. Il s'avérait que c'était ce même type qui connaissait ce même Indien en pleine bouffée qui n'avait pas voulu parler des serpents ; pas de quoi donc retenir mon souffle.

S'il existe hors d'ici d'autres éditions de High Pockets

et de moi-même, nous aimerions savoir comment vous vous y prenez, les gars. Les éditions de High Pockets et de moi-même, assis dans une cabane au cœur sauvage de l'Amérique du Sud n'accomplissent pas vraiment des exploits. Ainsi que je le mentionnais au début, High Pockets et moi-même avons failli financièrement. Ce qui est particulièrement préoccupant (pour moi tout au moins. Je m'en suis déjà expliqué, en matière d'argent, High Pockets ne se sent pas concerné), alors qu'il y a quelques mois nous pesions plusieurs millions de dollars.

High Pockets et moi-même connaissons également de sérieux problèmes avec la loi. Nous sommes présentement poursuivis par toutes les administrations anti-drogue du monde occidental (et certainement par toutes les éditions de toutes ces administrations, si l'administration dispose d'éditions différentes comme tout un chacun). C'est pourquoi nous vivons dans cette cabane où nous gardons, comme on dit, un profil bas.

José veille sur nous, finançant notre retraite, comme il se doit, parce que nous sommes de vieux amis associés dans le crime. José est un Bandito de première grandeur et, selon le Code de Conduite du Bandito, il doit veiller sur ses troupes quand elles sont sur la touche.

José est un gars qui se tient droit, les temps ont été durs pour lui, comme ils semblent l'être partout. Il a vraiment mal supporté que High Pockets se voit vu condamné à ingurgiter le dégradant Milk Bone Flavor pour petits chiens, mais comme je le lui ai expliqué, cette variété-là dure plus longtemps et puis n'importe comment on ne trouve plus l'aliment de base de High Pockets. High Pockets et moi-même consommons la même nourriture, et je ne fais pas mon ordinaire en aucune façon, de nourriture bonne à jeter aux chiens, grâce à Dieu.

Comment High Pockets et moi-même en sommes arrivés à nos combinaisons espace-temps actuels (toujours ce livre), et en sommes venus à attirer la violente attention des autorités est une histoire triste et emberlificotée.

La raison pour laquelle je relate tout ceci est identique à celle qui me fait étudier la Cosmologie et la Mécanique des Quanta : il n'y a pas grand-chose d'autre à faire.

> *L'univers n'est pas seulement plus étrange que nous le pensons, il est aussi plus étrange que nous* pouvons le penser.
>
> (Werner Heisenberg)

2

OPÉRATION DON JUAN

Au moins faisait-il beau, mais il faisait *toujours* beau. Vingt-sept degrés. Vent nord-est, vitesse quinze, vingt nœuds, et quelques cumulus qui jamais ne masquaient le soleil. Antigua. Indes Occidentales Britanniques. Par un de ces beaux jours — si l'on peut dire — Robert et Jim, mes amis, mes compagnons de bord, attablés avec moi à l'Admiral's Inn, à English Harbor, en train de descendre notre troisième bouteille de rhum Mount Gay et essayant de comprendre ce qui n'avait pas bien marché lors de notre dernière expédition pour la Colombie. Un voyage qui avait eu pour résultat la perte de notre bateau et de quelque cinq tonnes de marijuana. Cap, un gars de cru, qui à l'occasion travaillait pour nous, vint s'asseoir et se prêta main-forte pour desserrer sa ceinture à coup de rhum.

Je rajustai mes lunettes de soleil, surveillai Loomie à bord d'un canot en train de ramer en direction du *Trick,* trimaran de vingt-cinq mètres qui venait de battre officieusement le record de vitesse de la traversée de l'Atlantique avec pour équipage des Suédois fous et ivres. Nouveau record établi donc, mais personne à bord de ce bateau n'avait été sobre suffisamment longtemps pour découvrir sur quelle île ils avaient échoué. Ils visaient les Barbades, quelques centaines de miles au sud.

Je me souvenais de la carrière avortée, il y a quelques années de cela, de Loomie, compagnon contra-bandista. Nous étions encore dans le port lorsqu'il s'était brisé le crâne avec la manivelle du treuil de la drisse alors qu'il hissait la voile, s'efforçant en même temps de saluer d'un adieu de la main sa petite amie. « Oh, mon, oh, mon », fit-il avant de perdre connaissance. Il ne semblait pas disposé à affronter un long voyage, alors on l'avait déchargé sur le quai des pompes à fuel, avions lancé le spinnaker et dirigé à vue de nez le sloop sur les huit mille livres de minerai d'or que José et ses gars avaient ramassé rien qu'en se baissant dans les montagnes au sud de Santa Marta. High Pockets n'avait alors que quelques mois, et en véritable chien de mer, il fut de la course.

La traversée fut un succès, avec trois fois rien de désastres anodins. Depuis, High Pockets a toujours été un Fervent Contra-Bandista Canin.

Robert regardait Jim de façon sinistre, ses yeux, son visage rougis. Jim est un Texan nerveux avec un sens de l'humour des plus ravagés. Il est beaucoup plus petit que Robert. Leurs curieuses singeries d'asociaux leur ont tôt valu leurs surnoms (tout contrebandier qui se respecte a son surnom), la Troupe des Comédiens de l'Enfer, ou bien, lorsqu'ils sont séparés, Crétin de l'Enfer et Ennui de l'Enfer.

J'étais assuré qu'il était sur le point de nous jouer un de ses tours. Ce qu'il fit. Il souleva notre table, la balança dans les eaux peu profondes à proximité du patio. Un lancer impressionnant. Bouteilles de rhum, verres, argent s'égayèrent sous les palétuviers. Des variétés d'oiseaux de mer et de serveurs gloussèrent leurs peurs et protestèrent.

Je me levai, rejoignis le propriétaire de l'auberge avant qu'il n'ait pu s'approcher de Robert. Je distribuai quelques dollars E.C. (Eastern Caribean), pus mettre la main sur une nouvelle table et une paire de bouteilles supplémentaires. Quand je me suis assis, Robert souriait à Cap. Jim vociférait, vannant Robert sur ses furoncles — ceux qu'il avait au cul. Parcourir la mer des Caraïbes en tous sens durant des semaines par vent debout force 8, manger, dormir sur des ballots de marijuana trempés a de quoi altérer une peau normale, particulièrement celle du fessier du gars en question. Le regard de Robert brilla dangereusement alors que Jim s'égosillant, rapportait à des touristes des plus nerveux que Robert avait le furoncle le plus gros, le plus furoncle de toutes les îles — et comme il se devait, le plus artistiquement placé.

— On parie que tu le montres que c'est vrai, fit Jim.

A mon tour, je *devenais* nerveux. Il n'y avait aucun moyen pour que Jim la ferme. Il était ivre, avait la tête dans le sac, et il adorait ça que Robert lâche les pédales. Qui plus est, nous venions de perdre pas loin de deux millions de dollars en même temps que notre bateau, aussi personne n'était d'humeur.

— Va exploser, fit Jim. Je dirais que sur l'échelle de Richter, ça serait une amplitude de 7,5.

Cap sentit que venaient les ennuis. Il souriait de façon artificielle à Robert et Robert en retour lui souriait. Il ressemblait à quelqu'un qui aurait teint en rouge ses verres de contact.

— Oh, mon... Merde, mon.

A présent Cap avait très peur. A mon adresse :

— Quéque je fais, maintenant, Mon ?

Robert aimait bien Cap. Cap nous avait aidés dans les préparatifs du *Wayward Wind* pour sa dernière course. Cap était un type régulier. Cap était de la famille. Cap aimait les animaux. Malheureusement Cap n'allait pas tarder à souffrir d'atroces dommages corporels. Jim, sarcastique, grimaçant.

Il me fallait distraire Robert. Si seulement il pouvait me regarder une seconde ou deux, ça laisserait peut-être à Cap le temps de s'en tirer sans mal.

— Hé, Robert, tu te souviens de ce vieux *Don Juan ?*

J'avais ma voix de tous les jours.

Il y a quatre ou cinq ans, au Panama, Robert, Jim et moi-même avions fait connaissance à bord du *Don Juan*. Un caboteur rouillé de soixante mètres — dont le nom de baptême m'échappe. Nous l'avions surnommé *Don Juan* du fait des fréquentes activités sexuelles menées à son bord durant les deux mois consacrés à sa remise en état à seule fin de pouvoir pulvériser le record de marijuana embarquée sur un navire. Tous étions associés au même cartel de trafiquants internationaux et avons tôt fait d'en profiter. Nous nous étions confortablement calés à l'Holiday Inn de Panama City — à l'heure de la révision du traité du Canal conduite par une commission d'enquête du Sénat. Nous avions dû éjecter de leurs chambres deux membres du Congrès afin que notre petite troupe puisse occuper tout le douzième étage. En comptant High Pockets, nous étions treize ou quatorze — suivant que l'un d'entre nous, pris de folie, errait tel le roi Lear.

Déjà nous étions flambés au El Panama, en grande partie à cause des crises de fureur de Robert — dont certaines, je dois le dire, étaient justifiées. En de telles circonstances, moi aussi je pourrais balancer une pute par le balcon.

Plusieurs théories contradictoires circulaient sur notre compte, à savoir : quel genre d'enculé étions-nous ? Nous entretenions certaines d'entre elles de façon subtile. A l'évidence nous disposions de fonds incroyables (incroyable, c'est un cran au-dessus de illimité). Quoi que ce fût, nous le payions en liquide. Nous avions l'air de criminels, et nous étions complètement désorganisés.

Pour les Panaméens tout ceci signifiait que nous étions des représentants de l'administration américaine — de la CIA certainement. Ce qui revenait à dire qu'ils ne voulaient pas nous offenser durant les conversations de la révision du traité ; ce qui nous convenait à merveille. Circulaient d'autres rumeurs mais la version CIA avait ma préférence, c'était aussi la plus courante. Une réflexion anodine à un chauffeur de taxi, une boîte postale cryptique au Guatemala pour adresse officielle, un dîner avec un membre du Congrès à qui il avait été rapporté (probablement par l'employé à la réception dont je graissais la patte régulièrement), que *j'étais* de la CIA... Tout ça s'additionnait pour faire de nous des agitateurs mandatés par Washington.

Tout le monde à l'hôtel tremblait devant Robert. Depuis El Panama, le bruit avait couru : si de vrais problèmes éclataient (ce qui ne manquait de se produire), Robert, selon la rumeur, était un agent de l'escadron de la mort de la CIA. Personne à l'Holiday Inn ne dit mot lorsque Robert mit main basse sur tous les taxis devant l'entrée principale (au tarif de dix dollars US l'heure), et leur ordonna de ne pas bouger jusqu'à ce qu'il le leur dise. Tous obéirent. Ainsi, durant près d'une semaine, l'on ne pouvait prendre un taxi devant l'Holiday Inn — ni membre du Congrès, ni sénateur, ni quiconque. Il leur fallait louer aux grands frais du contribuable américain des voitures de place, alors que Robert jouait avec sa flottille.

Il se présentait sur le perron, coiffé de son chapeau de paille, en chemise hawaïenne et pantalon de golf écossais, plus ses cent vingt kilos, et sifflait. Vingt chauffeurs de taxi pouvaient se tenir au garde à vous devant leurs véhicules, disons : en quatre secondes — ce qui est un exploit sous ces latitudes.

Robert jouait à la course automobile. Il aimait donner à chaque homme un bout de papier portant une adresse — toujours la même. Au signal de Robert ils devaient tous décoller pour rapporter ce qu'il attendait — drogue, alcool, pute, ou bien les trois à la fois. Cent dollars US pour celui qui serait de retour avec les provisions. Il disposait de vingt frappés panaméens qui allaient rugissant dans les rues de la ville courir son Grand Prix personnel.

Retour à Antigua : l'une des paupières de Robert cligna. J'interprétai ceci comme l'indication d'un cerveau élaborant une pensée primitive, sans doute un synapse ou deux établissaient-ils une connexion en une phase normale. Même Jim fut surpris. Cap demeurait figé sur son siège, toujours rivé à l'œil rouge de Robert, à son rictus de zombie.

— Il a cligné de l'œil, fit Jim.

— J'ai vu, dis-je.
— Quéque ça dit ? fit Cap.
— Je ne sais pas, dit Jim.
— Il refait surface, fis-je.
— Quéqu'y se passe quand il refait surface ? fit Cap.
— Je ne sais pas, dis-je.
— Je crois qu'il a aimé ça que tu lui rappelles le Grand Prix de Panama City, ft Jim.

Je n'ai jamais rencontré un contrabandista qui n'aime s'asseoir en compagnie d'un de ses pairs, et se souvenir. Parfois ça semble constituer la moitié de la raison pour laquelle l'on accomplit ces choses étranges — pour pouvoir en parler plus tard.

Même dans son état de furieuse catatonie, ces bons souvenirs faisaient leurs effets sur Robert. En quoi modifieraient-ils la réaction de son subconscient, était la question que tout le monde se posait ? On jouait à pile ou face, pas de doute. J'attendais la suite. Je commençais à m'amuser.

Le *Don Juan* était un hommage à la loi Murphy. En fait, le navire allait tellement au-delà qu'une nouvelle loi devrait être promulguée. La loi Don Juan : « Tout ce qui en l'état présent peut ne pas aller, va et ira ainsi pour toujours. »

J'étais le capitaine, mais je le jure, je n'avais rien à voir avec le choix du *Don Juan* pour cette mission. J'ai une méthode simple pour détecter les défectuosités d'un navire à structure métallique. Muni d'un marteau de deux kilos, je descends dans la cale et je me mets à cogner. Ce qui est défectueux sonne mal. Je découvre aussitôt une fuite dans la chambre à chaînes de la proue. Quelques coups de marteau supplémentaires me renseignent sur la corrosion des cloisons étanches.

Quand apparut Julio, yeux exorbités, hurlant en espagnol. Je me débrouille plutôt bien en espagnol, mais tout ce que je pus saisir était : *gringo loco.*

Julio était le mécanicien du *Don Juan.* Il l'était depuis la mort de son père vingt ans auparavant. Ceci pour expliquer certaines de ses particularités — comme se signer de façon obsessionnelle, la douzaine de crucifix qu'il avait suspendus dans toute la chambre des machines et une peur insensée du silence. Beaucoup plus tard, un jour de calme relatif, Julio s'expliqua sur ce dernier point. La plupart des pièces mécaniques du *Don Juan* se bloquaient de temps à autre pour une raison quelconque. Julio devait les débloquer. Il faisait ce cauchemar récurrent que toutes les pièces mécaniques du navire se bloquaient simultanément, ne laissant rien d'autre qu'un « *silencio, hombre, silencio completamente.* »

Quoiqu'il en soit, à la suite de mon inspection préliminaire du *Don Juan* et de son mécanicien, je voulais m'entretenir avec le syndicat multinational qui finançait l'opération. Je me souviens très clairement de cette conférence. J'étais sensé faire un rapport sur l'état du navire et débattre avec les Colombiens chargés de l'équipage, de logarythmes, nom de codes, longitudes, latitudes, fréquences radio et autres cartes maritimes inévitables. La conférence évidemment battit son plein au moins trois jours. La première chose qu'High Pockets et moi-même remarquâmes, ce fut le Prince Colombien de la Dope, Eduardo « El Gordo », nu comme la main, déambulant sur les quatre mètres de long de la table de conférence, bavotant sur un tas de cocaïne — une ligne de poudre traversait la table de bout en bout. Cent cinquante grammes environ étaient éparpillés sur le tapis. Devant la douzaine ou davantage de flacons pharmaceutiques de quaalude épars parmi le nombre incalculable de magnum de Dom Perignon (à propos, millésime 69. A l'époque vous pouviez en trouver), je compris pourquoi tous étaient inconscients.

Tout ça réuni faisait à peu près six ou sept Colombiens (y compris José), et peut-être huit ou neuf de mes associés gringos (en comptant Robert et Jim), plus ou moins dénudés dans des postures diverses entre quelques putes dont, et c'est incroyable à dire, celle que Robert avait balancée par le balcon du deuxième étage au El Panama. Si ce n'était l'emplâtre sur sa cheville gauche, elle semblait en forme. Sous la table de conférence, je trouvai un garçon d'étage inconscient, nu à l'exception de sa veste rouge Holiday Inn.

En y resongeant à présent, tout ceci peut sembler en quelque sorte amusant, mais à l'époque j'étais horrifié. Je devais *raisonner* ces gens. Ma vie, et une putain de cargaison d'argent dépendaient de ce bateau. Néanmoins sous le patronnage de Robert et de Jim mon professionnalisme se lança à l'abordage comme ils disent. J'étais — et ici je ne suis pas en train de me vanter — responsable d'autant de consommation de drogue et de dégâts dans les locaux que n'importe qui, à l'exception de Robert qui veilla à transformer deux chambres en une suite tandis que High Pockets chassait les vigiles de l'hôtel du douzième étage et leur interdisait l'entrée par l'issue de secours.

J'ai osé formuler quelques réclamations concernant le bateau ; de telle sorte Eduardo engagea pour cent mille dollars de réparation. L'argent, devais-je apprendre, n'était pas un problème lorsqu'il était question du navire, ainsi qu'Eduardo appelait le *Don Juan.* Le seul problème fut que l'armateur engloutit toute la somme dans l'achat d'un appareillage électronique sophistiqué au lieu de tôles neuves et de soudures pour la coque. Je me vois reniflant une énorme ligne de coke, et hurlant :

— Parfait, nous saurons ainsi exactement où nous sombrerons.

Le plus terrible c'est que cette idée alors m'enchantait réellement.

Quatre ou cinq jours de poudre sniffée, de folles dissipations sexuelles, de n'importe quoi étaient plus que mon organisme n'en pouvait supporter. Donc High Pockets et moi-même remballâmes nos hardes et prîmes la direction du comptoir d'embarquement. Moralement je me sentais tenu de passer plus de temps à bord du *Don Juan.* A trois heures de l'après-midi nous attendions notre évasion, imaginant nos associés comateux en cette heure, mais Robert et Jim vacillèrent devant la porte de la salle d'embarquement lorsque nous étions sur le point de nous faire enregistrer. Ils avaient touché le fond d'une longue immersion dans la drogue. L'œil droit de Robert ressemblait au Trou Noir de Calcutta, le gauche enflé, fermé, s'ornait d'un arc-en-ciel. Il me saisit au collet, me poussa sur une banquette m'accusant ouvertement de jouer petit bras, d'être une déception pour tout le douzième étage.

Je commis l'erreur de vouloir me montrer logique. Le navire exigeait attention, était ma ligne de conduite. Je tentai d'expliquer la faiblesse structurelle qu'avait révélée mon inspection mort-née.

Robert contra mes arguments en laissant tomber un gramme ou pas loin sur le comptoir.

— Quelqu'un a une paille ou un truc ?

Jim roula un billet de cinquante et le lui tendit. Robert sniffa la moitié du tas, les impuretés et tout, et me passa le billet. Je jetai un coup d'œil alentour pour voir si une personne étrangère à notre équipe ne rôdait pas salement dans la salle. Seulement quelques touristes et des représentants du Congrès. Je reniflai fort, saisis mon sac et me tirai avant que Robert ne pût réagir.

— Je serai à bord fut ma dernière réplique.

Le *Don Juan* m'apparut désert, mais je trouvai Julio dans la chambre des machines, agenouillé devant le vieux diesel rouillé, récitant un « Je vous salue Marie ».

Oublié l'incident du marteau de forgeron que j'avais brandi, nous vivions une cohabitation presque normale.

Julio était obsédé par le *Don Juan.* En vingt ans le bateau avait connu six ou sept armateurs et Julio était resté, immuable, pour une raison connue de lui seul. Il consacrait au minimum quinze heures par jour à s'occuper de machines, vérifier les gréements, à se signer, à tenter de dialoguer avec le bateau. Julio était étrange, sur ce point pas de doute, mais jusqu'à ce que je jette un œil sur sa cabine, je ne savais pas à quel point il l'était.

Les marins en général accrochent des pin-up au-dessus de leurs couchettes et Julio ne faisait pas exception, si ce n'était qu'il s'agissait d'affichettes quadrichomie des derniers moteurs diesel, générateurs et pièces détachées. Il connaissait ce bateau — il le connaissait vraiment.

En tant que capitaine, j'étais satisfait, fou comme il l'était, de l'avoir pour second. Je lui achetai quelques plaques de tôle afin qu'il pût réparer les dégâts que j'avais provoqués avec le marteau de forgeron. Je ne mis plus les pieds dans la cale, redoutant de passer au travers de la coque et de nous faire sombrer en plein port.

D'une toute autre façon, Julio était un atout d'importance. High Pockets et moi-même, nous étions mis à fréquenter les bars pour touristes. Je portais ma vieille casquette de marin, un maillot rayé horizontalement, une barbe de trois jours, et un cigare éteint. On ramassait les pépés étrangères, des auxiliaires féminines en uniforme et en quête d'atmosphère et les ramenions à bord du *Don Juan*, improvisant des histoires de marins à faire se dresser les cheveux sur la tête. Si le *Don Juan* avait quelque chose, c'était bien de l' « atmosphère ». Julio tenait le rôle de Walter Brennan, gardien du fort. Il devait jouer à l'ivrogne — ce qui me permettait de le traiter de poivrot et il se mettait à gueuler en espagnol des choses sur en avoir ou pas, alors je pouvais aller coincer la pépée dans ma cabine. Elle avait un regard pour High Pockets et sa grande langue pendante, sur la peinture fissurée et écaillée, sur le matelas crasseux, puis sur moi, mon cigare, ma casquette de marin et ma bouteille de rhum au rabais. Bogart et Bacall — si cela avait un sens pour la pépée. Une fois embarquée à bord du vieux *Don Juan,* tout était dit — si ce n'était les gémissements à venir.

J'aurais pu continuer de la sorte jusqu'à la fin des temps, mais par une nuit avancée Robert et Jim se montrèrent. Ce fut un cauchemar.

Le soleil entamait son déclin sur English Harbor quand Robert se mit à grogner. Doucement, au plus profond de la gorge. D'abord Jim crut qu'il s'agissait d'un coup de tonnerre au loin. Nous jetâmes un coup d'œil sur les cumulo-nimbus. Ils étaient absents.

— C'est lui, c'est lui, mon.

Cap à présent transpirait abondamment. D'un signe, je commandai une autre bouteille de Mount Gay. High Pockets se laissa aller à un éternuement.

— Tu disais, Cap ?

— C'est lui, l'a grondé.

— Qui ? High Pockets ?

— Merde, mon, Robert, m'a regardé et l'a grondé. Comme l'autre fois.

Cap avait déjà assisté à une crise de Robert furieux, dans un bar pour indigènes appelé *La Filature,* de l'autre côté de l'île. Robert avait quelque peu grondé là-bas aussi. *La Filature* depuis a été reconstruite et a changé de propriétaire.

— Je m'en souviens, fit Jim, faisant allusion à cette nuit. Il avait la tête baisée. Seigneur, qu'il avait la tête baisée.

Le grognement de Robert se fit plus profond comme s'il s'efforçait de parler.

— P't'être, fit Cap, que je m'lève lentement et que j'm'vais.

— Je ne te le conseille pas, fis-je.

— On fichait en l'air tous les bars et les bordels de Panama, disait Jim, et puis Robert s'est mis dans la tête qu'on devait te rendre visite. Voir si t'avais besoin de quelque chose ou je sais pas.

— Où aviez-vous pêché ces deux poules ? fis-je.

Le grognement de Robert grandit en intensité. Cap se mit à trembler.

— Quelles poules ? demanda Jim.

High Pockets et moi-même, nous étions vite endormis dans notre cabine en compagnie d'une petite douceur ramassée en ville quand je perçus cet affreux braillement, puis un plongeon. Je bondis, paniqué, me disant que le *Don Juan* avait paumé un joint et était en pleine perdition. Alors j'entendis rire Jim. Deux femelles effrayées chuchotaient. Un nouveau braillement incompréhensible — celui-ci mêlé à un bruit d'eau. Je passai ma tête par le hublot et regardai en bas. Robert tentait de tirer son énorme masse hors de l'eau, de se hisser sur le débarcadère en s'aidant d'une vieille chaîne glissante. Jim au bord du quai le regardait de haut en vociférant. Un magnum de Dom Perignon dans une main et un magnum 357 dans l'autre. Un gigantesque joint collé aux lèvres et le bas du visage couvert d'une fine pellicule de dope péruvienne.

Quelques mètres plus loin, craintivement blotties, deux filles obèses.

— C'est quoi, amour ? s'enquit la petite sucrerie sur mon matelas mité.

— Rien, mentis-je. Rien.

Je pressentais les ennuis. Peut-être de sérieux ennuis.

— Jim, baisse ton arme.

Je m'efforçais au calme, mais nous étions dans la Zone du Canal, à l'époque toujours sous contrôle de l'armée américaine. Avec, entre les Etats-Unis et le Panama, des relations aussi tendues qu'elles l'étaient, je redoutais salement qu'un coup de feu ne déclenche la révolution ou bien une partie de foot.

Jim plaça le canon à l'extrémité du joint, et d'une voix traînante :

— Je crois que je pourrais l'allumer d'un coup.

— Non, attends Jim. (Je bégayais) Euh... euh...

Il abaissa l'arme.

— Hein ?

— Tu voudrais pas me présenter tes amies, ces deux jolies dames.

— Hein ?

Robert proféra un son inhumain, après quoi en meuglant comme un veau, il se débrouilla pour se hisser sur la jetée.

— Jim, baisse ton arme, dis-je.

— A qui tu parles ? demande ma petite crêpe au sirop.

— A personne, répondis-je. A personne.

Robert remis sur ses pieds, tira un sac opaque trempé de sa veste écossaise en polyester.

— Bordel de suceur de queue ! Con de merde de rat pisseux ! fit écho dans la zone du canal.

Je pus entendre du côté panaméen des voix espagnoles, comme si là-bas on adoptait une position défensive en réponse au cri de guerre gringo de Robert.

— J'ai peur, fit mon petit pot de miel.

Robert jeta son sac de coke fichu dans l'eau et demanda à Jim sa coke. A nouveau Jim plaça le canon du 357 magnum contre l'extrémité du joint.

— Jim, hurlai-je. Les dames ! Présente-moi, tu veux ?

Jim pointa l'arme sur l'une des femmes, ferma un œil, cherchant à se souvenir.

— Laisse-moi me rappeler. C'est... oh, merde.

Il pointa l'arme sur l'autre fille qui laissa échapper un étrange petit gloussement.

— Et celui-là, c'est... euh, l'autre.

Là-dessus Robert tira une grenade à main de la poche de sa veste et du majeur en crocheta l'anneau de la cuillère.

— Donne-moi la coke, ou je m'envoie en l'air, prévint-il.

— Ah ouais !

Jim braqua son arme sur Robert, agitant le barillet trente centimètres sous son nez.

— Dégoupille cette grenade, et je te fais sauter le crâne, connard.

Je me précipitai hors de la cabine, percutai Julio sur le pont inférieur. Il contemplait Robert et Jim dans leur numéro de duettiste polonais. High Pockets tanguait, le regard mouillé.

Les secondes s'écoulaient.

Les grosses filles gémissaient.

Plus haut dans le canal, hurla une sirène de navire.

Julio se signait.

High Pockets était victime d'une de ses crises d'éternuements.

La tension montait.

Puis Robert dégoupilla.

Il y eut un faible bruit, un sifflement. Une petite bouffée de fumée s'éleva du sommet de la grenade.

— Donne-moi la coke, fit Robert.

— D'accord, laisse-moi seulement allumer ce trésor d'abord, fit Jim.

Il posa le canon du magnum contre l'extrémité du joint et pressa sur la détente. Un éclair éblouissant — une détonation retentissante. Le choc et le recul de l'arme envoyèrent Jim voler trois mètres en arrière. Il atterrit sur son cul puis, intrigué, s'intéressa au joint.

Encore à ses lèvres, à présent un peu plus court, et toujours éteint.

Des projecteurs fouillèrent et une sirène retentit dans le voisinage. Je pus entendre le martellement d'une course de bottes et une voix brusque qui déployait ses troupes.

Les deux grosses filles hurlaient irrépressiblement.

Robert surveillait sa grenade sifflante, essayant de se souvenir d'une chose.

Julio récitait un « Je vous salue Marie ».

High Pockets était occupé, absorbé, victime d'une terrible défécation.

Dans la cabine, mon petit struddle à la pomme gueulait.

— Robert, lançai-je à mes pieds, tu te souviens de cette expédition pour aller pêcher la truite, tu m'en as parlé ?

Robert leva les yeux sur moi, du moins s'y essaya. Ses globes oculaires tels ceux du lézard, se mouvaient de façon indépendante.

— Arrgarab, fut sa réponse, je crois.

— Pour pêcher la truite, comment tu t'y prends !

Son visage s'éclaira, en proie à une illumination. Il balança la grenade dans le canal.

Baboom! Environ une tonne d'eau et de poissons morts s'abattirent en pluie sur le quai et le *Don Juan.*

En cet instant précis notre position fut enlevée par les Marines.

Ce qui s'ensuivit fut une première — mais en aucune façon la dernière : High Pockets, Robert, Jim et moi-même étions interrogés par l'armée et des agents du Narcotique Bureau. Les Marines relâchèrent bientôt les deux filles obèses et ma petite truffe fourrée. Ils avaient largement de quoi s'occuper avec nous quatre, plus pauvre Julio qui discourait inlassablement sur les caps que ne tiendrait plus le navire compte tenu des dégâts provoqués par l'explosion.

La balle était clairement dans mon camp puisque Jim et Robert vivaient leurs hallucinations. Jim patientait pour se saisir du batteur de base-ball qui cavalait dans son crâne, tandis que Robert s'efforçait de chasser un truc de sa narine gauche. A mesure que ses grognements se faisaient plus explicites, je comprenais la nature de son problème — un cochon, et peu importe comment, avait trouvé à se loger dans cette narine. Robert le tenait par une patte et tentait de faire sortir l'animal.

L'interrogatoire ne commença pas aussitôt. Les deux agents du Narcotique Bureau et les trois officiers du renseignement militaire, emplis de doute, surveillaient Robert et Jim dans leurs combats contre les assauts de leurs hallucinations.

De mon côté les choses se passaient normalement. Il m'appartenait de choisir entre ces différentes figures imposées qui en pareilles circonstances vous assurent le plein succès. J'optais pour la rigueur, laissant de côté l'imagination.

— Hé, connards, dis-je. Avez-vous la plus petite idée de ce que vous venez de faire ?

Robert semblait avoir extrait à demi le cochon de son nez. C'était un gros cochon.

— Pardon ? fit, distrait, un agent du Narcotique Bureau.

— Je disais : avez-vous la plus petite idée de ce que vous venez de faire ?

— Montre-nous tes papiers, mon gars, fit l'officier de renseignements militaires numéro un.

— Vos amis, là, qui sont-ils ? demanda l'officier des renseignements militaires numéro deux.

Avant qu'il me fût possible de répondre, High Pockets laissa filer le plus horrible pet de chien qu'il m'ait été donné de juger. Une de ces fusées dévastatrices et muettes qui vous laisse le regard vitreux.

Ce trou de balle de Capitaine des Marines à cheveux ras — étant l'officier supérieur — prit en charge l'évacuation de la pièce.

— Laissez-le ici, dis-je, faisant allusion à High Pockets. Laissons-le dans sa puanteur.

Suivant sa vieille habitude, High Pockets refusait d'assumer le geste irréfléchi qu'il venait de perpétrer. Alors que tous se précipitaient sur la porte, il demeurait assis avec ce regard sournois dont il use lorsqu'il a fait une connerie.

Quoiqu'il en soit, après avoir regagné les locaux et nous être installés, l'interrogatoire reprit.

— Que faites-vous dans la Zone du Canal, demanda un des hommes du Narcotique Bureau.

— Pour commencer, aucun des connards que vous êtes n'est habilité à recevoir cette information, dis-je, et si j'en juge par votre façon de faire en ce moment, ne le sera jamais.

Puis j'entrepris de leur faire décliner noms, grades et matricules. Cheveux ras proféra quelques menaces, aussi proférai-je quelques menaces, aussi se leva-t-il et proféra-t-il d'autres menaces, aussi me levai-je et fis de même, Robert se leva et se coltina salement avec son cochon. Jim se saisit du batteur dans son crâne.

— Beau travail les gars, dis-je.

— Que faites-vous à bord de ce bateau ?

Le type du Narcotique Bureau s'efforçait de calmer le jeu.

— C'est bon, connards, vous avez jamais entendu parler de l'opération *Don Juan ?*

Ils se regardèrent entre eux — effrayés pris séparément d'avoir à reconnaître leur ignorance.

— Je ne crois pas, dis-je sarcastique. Ce bateau est ce qu'il y a de plus perfectionné à ce jour en matière d'espionnage électronique.

Julio pour une quelconque raison approuva.

— Si, si.

— Et qui espionnez-vous ? s'enquit cheveux ras.

— Guérilla d'extrême gauche. Et à l'évidence les services de sécurité ont failli à leur tâche. Nous devons lever l'ancre immédiatement.

Cheveux ras, encore lui :

— Je ne crois pas un mot de ce merdier.

Jim demanda à l'un des agents du Narcotique Bureau s'il avait des amphés. Nous avions fait le tour du problème. Ne me restait plus qu'à emporter le morceau.

— Vous n'avez jamais entendu parler de Kaminsky ? Le membre du Congrès.

Bien sûr que oui. Il était question de cet homme que j'avais soigné à l'Holiday Inn lors d'un dîner. A la fin du repas, il ne savait absolument plus qui j'étais, ni ce que je faisais. Je lui confiai que s'il avait besoin de mes services, il pouvait me joindre au siège de la CIA. Lui disant de faire allusion à Operation *Don Juan*. Les politiciens, si vous leur offrez vos faveurs, ils s'imaginent *aussitôt* qu'ils vous doivent quelque chose en retour.

— Je fais partie de cette commission qui vous supervise, vous autres connards des activités militaires clandestines. Pigé ?

— Et alors ? fit cheveux ras.

— Kaminsky est ici. Descendu à l'Holiday Inn. Mon nom de code est Don Juan Premier. Appelez-le. Dites-lui que vous me tenez bouclé ici et vous verrez sa réaction.

Une demi-heure plus tard nous étions de retour dans la salle de conférence de l'Holiday Inn. Je m'efforçai de ranimer Eduardo. Robert au téléphone avec le service d'étage, cherchait à commander un magnum de Dom Perignon, mais ses mots ne sortaient pas dans le bon ordre. Jim voulait l'aider — mais ça ressemblait un peu à un 78 tours passé en 45.

Je mis la main sur une paille et soufflai environ un demi-gramme de poudre des narines d'Eduardo. Il put refaire surface. Il était crucial que le *Don Juan* et nous-mêmes quittions Panama. Il y avait une grosse pagaille administrative mais elle ne durerait qu'un temps — le temps que les clauses du traité soient entérinées par le vote du Congrès sous la menace d'un coup de force des Panaméens — mais elle ne durerait que ce temps-là. Serait découvert alors que l'opération *Don Juan* était conduite par une poignée d'anarchistes fous de drogues avec casiers judiciaires hauts en couleurs. J'imaginais cheveux ras déjà pendu au téléphone en train de contacter le n'importe qui qu'il connaissait à la CIA. Une seule chose jouait en notre faveur : aucun crétin à l'Agence n'accepterait sagement de reconnaître qu'il ignorait tout de l'opération *Don Juan* — des fois qu'une telle opération *fut mise* sur pied. Parmi ces cons, les petits gradés, leurs luttes internes pour prendre le pouvoir, leurs rivalités avec les autres agences (particulièrement la Drug Enforcement Agency), rendaient à notre organisation bouffonne un semblant d'efficacité. Je calculai que nous disposions d'au moins six heures avant que ne fût révélée la terrible vérité.

Eduardo ouvrit les yeux et s'assit. Il sourit, puis ses yeux se fermèrent, il bascula doucement en arrière, et roula du fauteuil pour choir sur le sol. Je fouillai la salle en quête d'un signe de vie. Tous les membres clés du Syndicat — gringo et latino — s'y trouvaient, mais tous comme plongés dans un profond coma.

— Robert, dis-je, essaye de réveiller José.

— Galynop ! Hurlait Robert dans le combiné téléphonique qu'il raccrocha sur le front de José, ratant la fourche d'un mètre. Il me jeta un coup d'œil narquois.

Jim, dans la salle de bains, vomissait à sec.

Tout ce que je pouvais faire revenait à laisser un mot, rassembler High Pockets, Robert et Jim, et à veiller aux derniers préparatifs à bord du *Don Juan.* J'avais donné pour instruction à Julio de tenir sous pression la vieille chaudière, et d'être prêt à larguer les amarres.

Je mis la main sur un bout de papier, y portai en caractères larges : Eduardo. Muchas problemas. Tenemos que salir ahora mismo. Te veré en Riohacha en 48 horas [1].

Je le fourrai dans un vase à moitié plein de quaalude où je savais qu'on le trouverait, me saisis de Jim, puis entretins Robert de l'once de péruvienne que j'avais laissée à bord du *Don Juan.* En quinze minutes, nous y étions de retour.

1. Beaucoup de problèmes. Devons nous en aller à l'instant même. Te verrai dans 48 heures à Riohacha.

Nous levâmes l'ancre, mîmes cap au Nord. Nous remonterions le Canal, puis cap à l'est dans les Caraïbes azurées où, je l'espérais, d'une façon ou d'une autre, nous pourrions retrouver Eduardo et ses hommes. Et cent mille livres de Guajiran Gold.

— Cent mille livres, répétait Jim avec douceur.

Le soleil déclinait sur les collines derrière l'Admiral's Inn. J'eus une brève pensée pour Nelson. L'auberge avait été ainsi baptisée en hommage au vainqueur de Trafalgar, dans les jours qui suivirent la bataille.

A bord d'un yacht à l'ancre quelqu'un grattait une guitare.

Oui, je suis un pirate
Venu deux siècles trop tard.
Les canons ne tonnent plus.
Il n'y a plus rien à piller.
Une victime de plus du destin
Trop tard venu
Nous arrivons trop tard.

Je regardai Cap qui semblait au bord de l'évanouissement — d'épuisement, de peur, d'abandon. Son face à face avec Robert avait quelque chose de barbare, avec son destin remis entre les mains d'une entité folle, inconsciente et bien plus forte que lui.

— Mon œil, fit-il. L'est en train de s'endormi, mon.

Je jetai un regard sur Robert. La torpeur émanant d'un quart de rhum envahissait tout mon être. J'étais en paix avec moi-même. Il semblait — du moins de mon point de vue — que Robert rougeoyait légèrement des épaules et de la tête. Sa cervelle atteignait le degré d'ébullition. Ouais, d'ici peu ce serait la Fête Nationale sur son crâne. Il n'y avait rien que je pusse faire pour Cap, aussi sifflai-je davantage de rhum et m'étendis dans l'attente des hostilités.

Là, ça fait plus de deux semaines que je suis ivre
Me suis évanoui, suis revenu, me suis refait des lampées.

— Je me souviens de plus grand-chose de ce voyage à Riohacha, fit Jim.

J'avais menti quant à l'existence d'une once de péruvienne. Il n'y avait pas du tout de coke à bord du *Don Juan.* Robert prenait assez mal la nouvelle — mais j'avais prévu ce cas de figure comme tout bon skipper se doit de le faire. Je feintai Robert, l'entraînant dans la cale principale, je bouclai la porte, puis lui annonçai la mauvaise nouvelle en la hurlant par l'écoutille. Robert évidemment devint fou furieux. Le remake de King-Kong vous revient-il à l'esprit lorsque Kong est mis aux fers dans les cuves du supertanker.

Depuis le pont, je pouvais voir Robert, quinze mètres plus bas, dans l'énorme ventre du cargo, martelant la coque. Je lui jetai des bananes, des papayes arrosées au Valium, mais ça ne produisit que peu d'effets. L'intégrité de la coque du navire était du ressort de Julio. Et que nous ne fûmes que peu nombreux à bord me préoccupait beaucoup. Jim avait avalé, avec un quart de rhum, ce qui restait de Valium et resterait sur la touche un jour ou deux. Nous ne pourrions compter sur l'équipage latino que lorsque nous aborderions la côte colombienne — si cela se trouvait.

Nous remontâmes le canal sans incident quoique j'eus à graisser la patte de plusieurs responsables panaméens désireux de savoir si nous avions embarqué une dangereuse faune locale. Je poussai un soupir de soulagement lorsque nous fûmes hors d'écoute et que nous suivîmes le cap Est, laissant Panama s'éloigner et se décomposer tel un vieux souvenir.

Julio avait fortement surestimé la vitesse de croisière du *Don Juan*. Je l'imaginais pouvoir faire au moins ses huit nœuds, mais il n'en faisait que quatre peut-être, et tombait souvent en panne lorsque les vagues se faisaient fortes à la proue. Les premières vingt-quatre heures il n'y eut que Julio et moi-même. Il se refusait à abandonner la salle des machines, et je ne pouvais pas laisser tomber la barre.

Aux côtés de High Pockets le seul semblant de présence humaine dont je profitais était celle mugissante de Robert dans la cale. Parfois il s'interrompait pour laisser place aux bruits du vent, de la mer et du vieux diesel exténué à nos pieds. Je commençai à somnoler quand Jim vint tituber sur le pont avec un quart de rhum.

— Seigneur, j'ai mal au cœur, fit-il. On dirait que tout ce putain de truc se balance de tous bords.

Il n'avait pas réalisé que nous voguions.

— J' suis en manque, faut retourner à l'Holiday Inn chercher de la drogue.

— On est à quatre jours de Panama. L'affaire est à l'eau.

— Où est Robert ?

Jim ne m'écoutait pas.

— Je l'ai enfermé dans la cale principale.

— Où est la salle de bains, je vais dégueuler.

— La salle de bains ? Tu veux dire : par-dessus bord.

Puis ça me traversa l'esprit. A Panama ils avaient tenu de petits propos significatifs — ça aurait dû me sauter aux yeux mais j'étais soit trop absorbé, soit trop raide pour y avoir prêté attention. Ni Jim ni Robert n'avaient jamais été en mer.

Jim traversa le pont jusqu'au bastingage et fouilla le plat horizon. Il fit un brusque pas en arrière.

— D'accord, petit malin, où est ce putain de port ?

J'essayai d'avoir l'air de rien, mais ma voix dérailla.

— Euh, c'est quoi exactement vos fonctions, à toi et Robert dans cette expédition ?

— Robert a travaillé au Département d'Etat. Notre agent de liaison dans tous les pays qu'on est sensés dévaster. Moi, je suis responsable des transports et du contrôle des produits pharmaceutiques.

— Ah ! fis-je.

— Maintenant, où il est ce putain de port ?

— A environ une centaine de miles derrière nous.

— Ohhh — merde !

Il se jeta sur le bastingage.

— Robert, hurla-t-il.

Du fond de la cale, Robert voulut répondre, mais tout ce qu'il laissa entendre fut un rot parti de loin. Le bateau vide donnait à l'accoustique un effet stéréo. Jim était incapable de localiser à la seconde la source sonore. Il se décida pour l'écoutille principale et y jeta un œil écarquillé.

— Robert, hurla-t-il. Nous allons mourir tous les deux.

Robert grogna puis proféra pour la première fois depuis trente-six heures son premier mot intelligible.

— Parfait, fut ce mot.

Les ombres s'étendaient. Le soleil fléchissait davantage sur les collines derrière l'auberge. Touristes et plaisanciers emplissaient le patio et commandaient des Coucher de soleil cocktails. Un orchestre de dix percussionnistes sur bidon s'installait. Tous du cru, ils étaient vêtus de pantalons blancs et de chemises fleuries. Heureusement Robert s'intéressait toujours à Cap et ne les avait pas remarqués. Robert n'aime pas le bruit des bidons.

Jim planta une paille dans la bouteille de rhum et glissa l'autre extrémité dans la bouche de Robert. le sombre liquide brun entreprit de disparaître.

— Gentil garçon, comme ça, c'est bien, disait Jim.

Il traitait Robert comme l'on traite un Dobermann entraîné à l'attaque. Je n'avais encore jamais assisté à la chose, aussi me renseignai-je.

— C'est seulement pour voir si je peux le tenir un peu en laisse, expliqua Jim. Histoire de voir.

— P...pas être une b...bonne idée, Jim.

Cap claquait des dents bien que la température de l'air fût toujours de vingt-cinq degrés.

Robert découvrit ses gencives et grogna doucement.

— Gentil garçon.

Jim écarta la bouteille loin de Robert dont le grondement s'amplifiait de façon significative. High Pockets se remit à éternuer.

— Seigneur, fit Jim. Tu crois qu'il pourrait se retourner contre moi ?

Il replaça la paille dans la bouche de Robert.

— C'est tout à fait possible, dis-je. Tu te souviens de ce qui s'est passé quand on l'a laissé dans la cale ?

Visiblement Jim blêmissait. Cette évocation semblait le dessaouler un peu. Il frémit.

— C'était horrible. Piégé dans ce baquet pourri avec un enragé. Cent vingt kilos débridés et pas de drogue pour calmer mes nerfs.

— Ce n'était que pour la frime. Rien de plus que des beuglements et de l'écume aux lèvres.

C'était la vérité. Robert n'avait pas mangé depuis près d'une semaine, et était privé de drogues dures depuis plus d'un jour. Il s'épuisait à cavaler sur le pont arrière à vouloir étrangler Julio. Le coup de manivelle que je lui donnai sur la tête devait aussi contribuer à l'apaiser.

— Les gars, vous vous portez nettement mieux quand vous avez évacué la drogue de votre organisme.

Je les avais soumis à un régime sévère : jus de prune et rhum. Robert exécutait sa tâche plutôt correctement bien qu'il affiche sa tête d'ivrogne plein à ras bord. Il barrait bien le navire également. Lui et Jim avaient l'impossible aptitude d'accorder leur tangage d'alcooliques, s'affairant et zigzaguant, à l'unisson avec le roulis du navire.

Nous atteignîmes Riohacha, Colombie, quatre jours après avoir quitté Panama. Deux jours de retard sur le programme laissé à Eduardo — mais j'imaginais que personne ne s'en formaliserait. Alors que l'aube pointait nous avisâmes un Cabin Cruiser à la dérive devant l'entrée du port. Lorsque nous l'abordâmes par le travers je découvris que mes pires craintes étaient justifiées. Les choses n'avaient pas changé si ce n'était qu'à présent le syndicat était plongé dans le coma à bord d'un yacht au lieu d'une salle de conférences à l'Holiday Inn de Panama.

Eduardo était affalé dans le large fauteuil de pêcheur au gros, son menton reposant sur sa poitrine, une bouteille de Dom Perignon retournée, fichée dans le reposoir de la canne à pêche. Julio nous tenait précautionneusement amarrés, les mains sur le rebord de la cabine supérieure.

La sirène était le seul équipement parfaitement fiable du *Don Juan.* Actionnée elle ressemblait au cri du Godzilla en rut. J'en donnai trois coups brefs — ce qui ne produisit aucune espèce d'effet. Aussi demandai-je à Julio de monter à bord du yacht afin qu'il aille si possible ranimer quelqu'un. Impossible de le faire décoller.

Robert et Jim voulurent s'y essayer mais je savais qu'ils voulaient simplement piller la drogue à bord. Alors Julio tendit un filin et nous remorquâmes le yacht en direction du port.

Dans la péninsule de Guajira, Riohacha est la seule ville d'importance. La péninsule proprement dite et Riohacha en particulier sont totalement sous contrôle de bandes de Banditos à demi organisés, de Seigneurs de la Dope, et de sauvages Indiens, les Gajirans. Un pays hors-la-loi et hostile. Le gouvernement de Bogota avait depuis longtemps abandonné cette région, sans doute à cause de la complaisance des agents des impôts, de la lutte anti-drogue et des officiers de l'armée qui s'efforçaient de s'ingérer dans l'éléphantesque commerce de la marijuana. Riohacha est un rappel du Dodge City des années 1880, à ceci près que Malt Dillon serait descendu à la mitraillette deux secondes après avoir mis un pied en ville.

Des échanges de coups de feu à ciel ouvert entre les bandes de Seigneurs de la Dope ennemis s'y déroulaient fréquemment, entre autres enlèvements, viols et sévices divers liés au trafic. Le tourisme n'y connaît pas précisément un grand essor et il n'y a pas jusqu'à cette heure de Club Med. Mais avec des pesetas plein les poches et une arme de fort calibre et digne de confiance à la hanche, un type en mal d'amusement peut toujours y passer du bon temps. Et c'est exactement à cela que High Pockets, Robert, Jim et moi-même, nous consacrâmes depuis qu'Eduardo et José avaient égaré près de la moitié de notre changement et qu'ils étaient (une fois de retour à la surface), partis le récupérer et canarder quelques-uns de leurs voisins.

Jim et Robert s'imaginaient qu'ils allaient reprendre les choses là où ils les avaient laissées à Panama — du moins en ce qui concernait étroitement la consommation de drogues. Sérieusement je songeai à nous imposer abstinence mais, sous l'intense pression locale, j'y renonçai finalement.

Nous passâmes environ une semaine à Riohacha — et si j'en crois des bruits rapportés ultérieurement — y connûmes de bons moments. Deux des cinq gardes du corps qu'Eduardo nous destinait afin de nous tenir à l'œil furent blessés un soir lors d'un règlement de compte dans un bar. Mais je n'en conserve aucun souvenir. Il a été dit de Robert qu'il était à l'origine de tout ça, aussi me fais-je une idée de ce qui a dû se passer — mais pas plus Robert que Jim ne peuvent s'en souvenir.

Je me souviens vaguement du début de la soirée. Nous convainquions Julio de laisser le navire et de nous accompagner dans une noubab programmée selon nos habitudes. Il nous assurait qu'il viendrait, mais ajoutait-il qu'il ne boirait pas et n'userait pas de drogues. Il était, à ses yeux, un croyant, un pacifique. Robert souriait en connaissance de cause, et approuvait puis il équipa Julio d'un gilet pare-balles, lui donna un 45 automatique avec gaine et le prit en remorque, lui promettant de la jouer en douceur si c'était ce qu'il attendait.

Julio parut d'abord peu convaincu. Apparemment le gilet pare-balles et l'arme semaient quelques doutes dans son esprit quant aux intentions réelles de Robert.

En matière d'autodéfense, la philosophie de Robert est unique en son genre. Lui-même ne porte jamais d'arme de poing. Néanmoins il dispose toujours d'une grenade à main, au fond d'une poche de veste en polyester. En cas de problème il dégoupille, balance la grenade, et :

— Que les miettes retombent là où elles peuvent.

Aux environs de minuit, Julio accepta de prendre un verre — à la santé de notre bonne fortune prochaine. Jim prescrivit un demi-gramme de coke et une grosse capsule de quaalude, l'administra à Julio via son breuvage, tandis que le môme était parti pisser. Julio est moitié plus petit que Robert, pourtant nos gardes du corps jurèrent qu'il commit autant de dégâts que son mentor.

La dernière image que je garde de cette soirée est une prise de vue en contre-plongée. Il me semble de

High Pockets et moi-même nous tenions sous la table. Robert et Julio s'évertuaient à prendre le bar d'assaut. Puis soit les lumières s'éteignirent, soit je fus touché par des débris volants, la grenade de Robert avait explosé.

— C'était sûrement la grenade, disait Jim.

Le soleil passé sous le bout de la vergue, le patio était quasiment plein. Les serveurs allumaient les torches autour de la cour, entre les tables.

— Une grenade à main n'a rien de vraiment aberrant quand vous vous retrouvez dans la position de Robert. Il est toujours et salement en infériorité numérique. C'est étonnant comme une violente explosion dans un lieu confiné peut faire le tri entre les hommes et les garçonnets.

Quelques types de l'orchestre des bidons entreprirent de taper sur leurs terribles instruments. Robert réagit aussitôt. Son corps se figea, il se pencha un soupçon en avant. Une sorte de fumée ou bien de vapeur semblait envelopper sa tête. Les yeux de Cap descendirent lentement pour aller se cacher de mon côté. Il me fallut porter mon regard ailleurs.

— Quelques mesures de la Chanson du Coucou produiraient le même effet.

A mon avis Jim était dans le vrai — les quatre dernières années avaient été difficiles pour chacun d'entre nous, particulièrement pour Robert. Ils nous avaient entretenus du « bon vieux temps » quand, au Département d'Etat sous l'administration Nixon, il avait été un jeune et ardent juriste spécialisé dans le droit international et la diplomatie. Ancien de Rhodes College, deuxième ligne aile des Denver Broncos,

Robert se disait qu'il avait dû prendre le mauvais embranchement à l'un des innombrables Carrefour de la Vie.

Eduardo se montra sur les quais tôt un matin avec une douzaine de camions chargés de ballots et escortés par une armée de Guajirans vêtus d'un pagne et d'une collerette d'ossements humains. Ils étaient équipés de pistolets-mitrailleurs MAC-10, de M/16, d'arcs, de flèches.

Pratiquement tout Riohacha était là pour assister à la scène. C'était à l'époque le plus gros tonnage de marijuana jamais transbordé sur les quais en public. L'opération prit environ deux heures et s'acheva sans incidents — hormis la rituelle bagarre au couteau entre spectateurs.

Eduardo nous fournissait cinq paires de bras ; quatre Colombiens et un Costa-ricain.

Sur le quai, comme je m'approchais de Robert et de Jim pour nos adieux, Robert fit :

— Je n'aime pas ça.

— Moi non plus, approuva Jim.

— Vous voulez dire quoi ?

— Toi et ces six couilles graisseuses sur le bateau.

Robert secouait la tête.

— C'est dans la poche.

— Julio est bon, mais je n'aime pas l'allure des autres espingouins. Tu auras besoin d'aide pour les tenir à l'œil.

Robert et Jim se regardaient mutuellement, et Robert remarqua :

— Je suppose qu'il faut qu'on l'accompagne.

— Pour une fois, connard, je reconnais que t'as raison, fit Jim. T'as pris assez de grenades ?

— A bord, répliqua Robert. Drogues ?

Jim grimaça.

— J'avais le sentiment que ça se passerait comme ça. J'ai un putain d'assortiment de pharmacie centrale planqué sur cette galère.

Robert s'embarqua d'un bond. Il vociférait.

— Parfait, connard, en avant toute.

J'étais vraiment secoué. Je m'étais mis à apprécier ces dingues. High Pockets et moi-même avions toujours agi plus ou moins en solo, mais ce geste scellait une alliance qui traverserait nombre d'incroyables hauts et bas et de longues plages de folie pure et simple.

Malencontreusement pour le public de l'Admiral's Inn, le premier morceau de l'orchestre fût « La Chanson du Coucou ». A la troisième note Robert laissa échapper un rugissement qui certainement fût entendu à la Guadeloupe. High Pockets, Jim et moi-même l'avions vu venir et nous étions mis à l'abri sous les tables. Le pauvre chapeau de Cap voleta, sa chaise se trouva renversée en arrière, le déposant, lui, dans un canal d'évacuation à eau peu profonde. Brusquement une grenade apparut dans la main de Robert. Il la dégoupilla d'un coup de dents et la lança en l'air en direction de l'orchestre. Un joli lancer. La grenade rebondit bruyamment sur un tambour, sur un autre, puis tournoya le long du rebord cerclé, telle une roulette de casino et s'immobilisa en son centre.

— Grenade armée, hurlai-je.

Les garçons de l'orchestre se figèrent au milieu de

leurs notes, abaissant le regard sur leur ruine imminente. Soudainement, ils s'égayèrent : certains franchissaient d'un bond le muret qui fermait la scène au fond et s'enfonçaient dans un terrain vague, ou bien plongeaient dans le port, en se heurtant aux palétuviers, les autres se précipitaient sur le bar, dans le patio en renversant les tables. La foule des touristes et des plaisanciers réagit comme un seul homme, tel un banc de poissons. D'abord tous filèrent dans une direction, une autre, puis tous plongèrent sous tables et chaises.

L'explosion fut en ré mineur. Les dix tambours, tous plus ou moins touchés, tournoyèrent comme des frisbees, renvoyant l'écho de l'explosion.

Verres et bouteilles furent mis en pièces par l'onde de choc et les débris volants des bidons.

Heureusement l'estrade de l'orchestre était nettement surélevée et le public s'était platement allongé ainsi personne ne fut-il sérieusement blessé.

High Pockets, Jim et moi-même bondîmes afin de calmer les humeurs de Robert. Assis par terre, il déchiffrait attentivement le menu.

— Robert, fis-je désinvolte, et si on mettait les voiles pour l'aéroport.

— Ouais, vieux, fit Jim. Laisse tomber le dîner. On se fera de la coke en route.

— D'accord, répondit calmement Robert.

Il se leva et nous déambulâmes dans la poussière soulevée et les débris qui emplissaient le patio. Les tenanciers hébétés, erraient sous le choc. Je pouvais entendre le propriétaire téléphoner du bar, cherchant frénétiquement à contacter la police.

D'un pas tranquille, l'air de rien, nous retournâmes à notre voiture de location, Robert entre Jim et moi-même qui faisions les frais d'une conversation anodine afin de le distraire de la destruction, de la panique, du chaos qu'il avait provoqués.

Une fois parvenus devant la voiture, une difficulté imprévue et de taille se dressa — Robert insistait pour tenir le volant. High Pockets et Jim protestèrent et le regard de Robert se remit à étinceler.

— D'accord, t'as marqué le point, reconnut Jim.

Nous nous entassâmes. Robert lança le moteur.

— Passez-moi la coke, dit-il.

Je devais improviser.

— Elle est restée à l'aéroport.

La route de English Harbor à l'aéroport en temps normal est plaisante. Vertes collines ondulantes, champs de canne à sucre, villages pittoresques. Robert pourtant suivit un itinéraire qui m'était inconnu. A un moment donné nous roulions dans ce qui devait être des pâturages déserts. Robert ne cessait de regarder le rétroviseur et de grimacer. Je me retournai. Un énorme taureau Brahma était lancé en pleine charge et se rapprochait rapidement. Il avait une allure terrifiante et beuglait — à notre endroit je suppose pour que l'on s'arrête un instant. Je fermai les yeux, me tassai sur mon siège, certain que j'allais être la proie d'une affreuse migraine.

Ce dont je me souviens ensuite, c'est de l'accident. Robert nous fit percuter un lampadaire et nous fit échouer sur le perron de la porte Départ d'Antigua-International. C'était désert devant l'aéroport mais de toutes parts le hurlement des sirènes se rapprochait. Nous nous extirpâmes hors de la voiture et pénétrâmes dans le terminal ouvert au vent.

Le bâtiment était inoccupé hormis aux douanes où

l'officier de l'immigration dormait derrière son bureau. Son téléphone sonnait et sonnait. J'avais le sentiment que ce coup de fil avait quelque chose à voir avec nous. Je balançai vingt dollars Caraïbes sur le bureau, et High Pockets, Jim et moi-même entraînâmes Robert sur le tarmac.

Une fois encore ma prévoyance venait à notre secours. Plus tôt ce jour-là, j'avais demandé à notre pilote de tenir prêt le *Lear,* et de nous attendre. J'agissais toujours de la sorte lorsque Robert se mettait à boire avant le petit déjeuner.

A notre attitude, les mécanos sentirent l'urgence, ils lancèrent vite les moteurs et tirèrent l'avion sur l'axe de la piste, se reposant un instant quand High Pockets déposa son pain sur le ciment.

Je regardai par le hublot : à l'autre extrémité du champ d'aviation deux voitures de police et une Jeep de l'armée fonçaient sur nous.

— Tire sur le manche au maximum, Harry, fis-je au pilote, usant de cet euphémisme pour : « Tirons-nous de ce merdier en vitesse ! »

En gros la moitié de nos décollages se faisaient sous ce type de contrainte. Harry avait été deux fois « décoré » en Corée, ça l'amusait énormément de nous piloter.

Huit minutes plus tard nous volions à une altitude de 44 000 pieds. Jim se servait un verre de Dom Perignon. Robert, allongé sur le plancher, ronflait, Dieu merci. High Pockets se tenait aux côtés du pilote et admirait le point de vue.

J'étalai ma carte écornée des West Indies, repliai le carré où se trouvait Antigua, puis cherchai des îles où nous n'étions pas brûlés. Il en restait encore quelques-unes. J'en choisis une — plus ou moins au hasard, donnai ses coordonnées à Harry puis me réinstallai. Jim me versa un verre de bulles pétillantes. J'en bus une longue rasade puis admirai par le hublot les Caraïbes bleues à nos pieds. Antigua s'estompait vite derrière nous. Je glissai une cassette dans le Betamax, allumai un joint. J'exhalai, contemplatif, me demandant si nous avions entamé une glissade sur la mauvaise pente. Nous venions de perdre notre dernier bateau — mais ça n'avait rien de nouveau. Depuis la croisière du *Don Juan* nous avions perdu plusieurs « derniers bateaux ». Robert venait de bousiller une éventuelle base opérationnelle — mais il avait déjà agi ainsi de nombreuses fois auparavant. Fondamentalement les choses se déroulaient comme elles le devaient. Nous connaissions des succès spectaculaires et des faillites désopilantes. Robert foutrait en l'air les choses et nous aurions à déguerpir. C'était l'ordre naturel des choses, en conséquence je n'avais pas vraiment de sérieux motifs pour me mettre à broyer du noir.

J'ai une méthode pour lutter contre la noirceur. Une idée toute simple, une phrase courte. Je bus une nouvelle gorgée de champagne et la prononçai à voix haute :

— Ça sera intéressant de voir ce qui va suivre.

La vision du monde de la physique des particules est un tableau du chaos sous-jacent à l'ordre.

(Gary Joukov)

3

BANDITOS SUB-ATOMIQUES

Ma vie ici, dans la jungle, a changé radicalement depuis que José et ses gars ont braqué Tina et sa famille. Je me suis immergé dans l'enfer de la Physique des Quanta. Mes journées sont riches et fertiles, mes nuits faites de merveilleuses spéculations. High Pockets et moi-même allons même jusqu'à demeurer dans la cour, à contempler le ciel nocturne alors qu'il est bombardé de particules sub-atomiques — ces insaisissables petits renégats du cosmos.

Je ne me suis pas encore lancé dans l'étude de la Cosmologie, préférant laisser de côté la réalité macroscopique le temps qu'il me soit possible de me pénétrer — comme c'est le cas — de la Réalité Sub-Atomique.

Jamais je ne me suis senti tant en paix avec moi-même. J'envisage d'entretenir une correspondance avec le père de Tina qui, c'est clair, est un homme très éclairé. La marge des pages de ses livres est constellée de points d'exclamation, de questions. Certaines de ses questions sont particulièrement incisives — ainsi ses interrogations quant au point de vue soutenu par ces ouvrages concernant les Particules Elémentaires Hypothétiques et leurs modes d'existence. J'ai l'impression que le père de Tina ne croit absolument pas aux Particules Elémentaires Hypothétiques. Au mieux, c'est évidemment un point discutable, j'aimerais pourtant connaître le fond de sa pensée sur la question.

José et moi-même abordâmes la question du dialogue à engager avec le père de Tina, mais la conversation tourna au vinaigre. José se disait absolument opposé. Je changeai promptement de sujet et m'inquiétai de *son* opinion sur les Particules Elémentaires Hypothétiques, mais trop agité il ne pouvait pas avoir les idées claires. Depuis qu'il était apparu que José ne manifestait aucun intérêt à la Théorie des Particules Sub-Atomiques, j'adressais mes considérations au seul High Pockets, tard le soir d'ordinaire, après l'une de nos séances de méditation dans la cour. J'ai l'impression que cela l'a quelque peu aidé à transcender son point de vue sur le marché de Gente Canine Mondaine.

Il est également devenu plus serein. Un exemple : il y a quelques nuits, après une lecture particulièrement fouillée sur l'origine des électrons, Legs en rempant regagnait son coin préféré et serpentait sur le lit. High Pockets, à mes côtés, allongé, parfaitement éveillé, ne dit pas un mot quand Legs se déroulant passa juste sous son nez. On put croire un instant qu'High Pockets allait éternuer (une manifestation de la détresse canine, me semble-t-il), mais simplement il soupira, ferma ses yeux et s'endormit.

La semaine dernière José, High Pockets et moi-même nous rendîmes à la chasse au tigre. Ce « tigre »-là, semblait-il — un jaguar — avait anéanti un troupeau dans le coin et tenait la première place au Hit Parade Bandito. Dix chèvres, c'était la prime offerte par les fermiers. High Pockets eut tôt fait de lever la piste et de s'élancer, hurlant tel un dément, José et moi-même précipités derrière dans une folle poursuite. High Pockets savait qu'il pistait un félin, mais il eut à déplorer toute cette affaire quand il mit la patte dessus. Il n'était évidemment pas averti que le chat poursuivi était plus gros que lui. Il lui accorda un seul coup d'œil puis, sans hésiter, sans discuter, retourna directement et précipitamment à la cabane où il passa deux jours reclus sous le lit. En tout cas il avait fait son travail — amener le tigre à grimper dans un arbre.

De ce point de vue, José et moi-même avions des opinions divergentes. Je voulais au plus vite instruire l'animal à coup de M. 16. José avait une autre idée. Je lui avais donné un petit lance-roquettes en guise de cadeau de Noël quelques années auparavant, et il voulait s'en servir. Le lance-roquettes, lui appris-je, est une arme de chasse anti-sportive, et avait un impact négatif sur l'environnement en général.

José me regardait comme si j'avais perdu la tête, puis entreprit de balayer le tigre, l'arbre et la moitié de la colline. Lorsqu'il voulut toucher la prime, la plaisanterie se retourna contre lui. Il ne restait absolument plus rien du tigre et aucun fermier ne crut à son histoire de parti en fumée. Il alla jusqu'à ramener un de ces types dans ma cabane (yeux bandés pour des raisons de sécurité), afin que je puisse témoigner de la mort du tigre.

Comme j'en voulais toujours à José, à ses méthodes de chasse anti-sportive, à ses Ah-ouais en guise d'opinion sur les Particules Sub-Atomiques, je me contentai de hausser les épaules et de faire :

— No sé.

Jusqu'à hier je ne l'ai plus revu. Quand il apparut,

l'air fatigué et un soupçon coupable, dans notre petit potager, où High Pockets et moi-même étions occupés par les tomates, les fleurs de pavot et les plants de marijuana. Il n'avait pas bien dormi, disait-il, et finalement en était arrivé à la conclusion que j'avais toujours été dans le vrai en ce qui concernait le lance-roquettes. Il me promettait de s'en servir à l'avenir seulement contre les Banditos rivaux et les véhicules blindés. Il me promettait également de s'en servir — dans la mesure du possible — de telle sorte que ses effets sur l'environnement soient minimes.

Je m'excusai alors de ne pas l'avoir soutenu devant le fermier. Nous nous embrassâmes. En somme, c'était une scène très touchante.

J'avais une grande faveur à lui demander, aussi la présentai-je quand il en était à écraser une larme au coin de l'œil. Choisir le moment opportun, tout est là lorsqu'il s'agit de demander une faveur à un Bandito.

La faveur évidemment avait à voir avec les Particules Sub-Atomiques. Il m'était indispensable que je me procure d'autres livres précis de façon à élargir mes Horizons Sub-Atomiques toujours en expansion. J'avais établi une liste de titres en me fondant sur les recommandations des auteurs d'ouvrages venus jusqu'à moi par l'intermédiaire du père de Tina.

José et moi-même nous assîmes dans la poussière et je lui fis part de mon plan. La matière étant en quelque sorte ésotérique, les livres sur ce sujet se trouvent difficilement en piles dans les librairies ou les bibliothèques. Aussi demandai-je à José s'il irait visiter la bibliothèque de Recherche de l'université à Baranquilla. Il faisait partie de mon plan qu'il se rase, qu'il s'habille comme un étudiant, qu'il entre, et vole tout simplement les titres en les fourrant dans ses pantalons ou que sais-je.

Là, José m'interrompit pour me dire que s'il allait visiter une bibliothèque, il le ferait selon la coutume Bandito prescrite. Au toucher, en d'autres mots. Il se vanta alors que lui et ses copains, non seulement me trouveraient les livres que je désirais, mais aussi tous les livres qu'abritait ce putain d'endroit. Il me vint à l'esprit que certainement José n'avait jamais mis les pieds dans une bibliothèque.

Son ardeur se refroidit quelque peu lorsque je lui expliquai que charger tous les livres de la bibliothèque dans des gros poids lourds ça occuperait probablement toute son équipe pendant deux jours.

Confondu, José me regarda un moment.

— Muchos libros, fit-il doucement.

— Si, muchos, répondis-je.

Il y consacra quelques secondes, puis affirma qu'il se procurerait les livres que j'attendais mais qu'il aurait à le faire à sa manière. A coups de feu, je suppose.

Je fis de mon mieux pour l'en dissuader. Il n'arrêtait pas de secouer la tête quand je m'en expliquais, et je ne pouvais retenir son regard lointain puisque mentalement il organisait un assaut magnifique. Je changeai de conversation.

Il était crucial que j'instruise José du mode d'enregistrement des livres, le Système Décimal Dewey.

Un de ses copains savait comment s'y prendre pour lire. Je lui demandai donc de m'amener ce gars un peu plus tard dans la soirée afin que je lui explique le système, ainsi ils ne foutraient pas tout en l'air et ne me rapporteraient pas de mauvais titres.

La soirée ne se déroula pas exactement comme

prévue. José amena bien le type qui pouvait lire, mais il amenait aussi toute l'équipe — vingt Banditos, tous lourdement armés et tous complètement ivres. Je me souviens vaguement de m'être entretenu avec quelqu'un du Dewey Decimal System — il s'agissait de High Pockets, c'est tout ce dont je me souviens.

Je me réveillai ce matin-là avec la migraine de la nervosité et une maison vide. José et ses copains partis durant la nuit, j'étais sûr qu'ils avaient pris la route de la bibliothèque de l'université de Baranquilla puisque ma liste de livres avait disparu. Faire l'aller et retour leur prendrait certainement quatre ou cinq jours, j'aurais donc à me repencher sur la question en son heure.

N'ayant plus que cela à faire, je relisai un chapitre qui détaillait par le menu le Fameux Specific Orbits Only ou modèle de l'atome selon Bohr.

Je fumai un joint, puis me mis à rédiger quelques mots aux petits amis de Tina, Tom et Gary. Je ne sais pas pourquoi leur écrire m'était sorti de la tête, mais là j'étais dans de bonnes dispositions. Il était temps d'en finir avec cette tâche rebutante.

Les mots étaient identiques, bien sûr, sinon que l'un était adressé à Tom de Sausalito, et l'autre à Gary de San Francisco.

Dans la mesure où Tina se trouvait impliquée, je leur expliquais la situation dans laquelle ils étaient, puis ajoutai quelques commentaires pertinents sur la Place de l'Homme dans l'Univers Sub-Atomique.

Ceci afin que la bombe Tina que je larguai fut reçue à son juste poids.

Il me vint évidemment à l'esprit que je m'amusais

salement aux dépens de trois êtres vivants — c'était une responsabilité à laquelle je m'étais préparé.

La seule chose gênante avec mes notes est qu'elles peuvent constituer un genre de surprise assez différent de ce qu'on envisageait.

Pleines de déconvenues, ces lettres anonymes venues du fin fond de l'Amérique du Sud pouvaient briser les ressorts fondamentaux et psychologiques de ces types, sans parler de Tina. Quand elle saisira à quel point sa duplicité est mise à nu, elle aura à souffrir d'une grave dépression nerveuse. Ce que je veux dire, c'est que je dois être en train de bouleverser chez ces personnes la perception des réalités.

Je rédigeai néanmoins ces notes, les adressai, les timbrai et attendis impatiemment que José me les poste au retour de son pillage de bibliothèque.

Pendant que j'attends José, je ferai bien de rapporter l'histoire de High Pockets et de moi-même, ou comment nous en sommes arrivés là où nous en sommes.

Je décrirai dans ce qui suit la croisière du *Don Juan,* puisque certains d'entre vous, là devant moi, doivent être curieux sur ce point, quand bien même ça ne serait qu'une digression. Je crois important arrivé à ce point[1] de donner prosaïquement un nom à cette histoire. Ça faisait trois mois environ que Robert avait dévasté l'Admiral's Inn à Antigua, et je m'aperçois que j'ai laissé High Pockets, Jim, Robert et moi-même dans notre oiseau Lear quelque part suspendus au-dessus des

1. A propos l'expression « à point nommé » devenue si courante est comme une redondance, puisque la réalité est un continuum espace-temps, le mot *point* porte en lui deux sens nominaux (lieu et fin).

Caraïbes — et d'une certaine façon nous y sommes encore suspendus dans l'attente que je reprenne cette partie de l'histoire — ce que je ferai à chaque fois que l'envie m'en prendra.

> *Se peut-il que la nature soit aussi absurde qu'elle nous le paraissait lors de ces essais atomiques.*
>
> (Werner Heisenberg)

4

LA CROISIÈRE DU DON JUAN

La croisière du *Don Juan,* fut douce durant trois heures. Puis Robert entreprit de terroriser les latinos de l'équipage, à l'exception de Julio ; il éprouvait pour lui quelque affection depuis cette nuit où tous deux l'avaient emporté sur Riohacha — bien que Julio nie avoir jamais abandonné le navire. La première chose qu'accomplit Robert fut de presser une lame sur la gorge du cuisinier Colombien afin de lui expliquer de quelle façon il aimait que ses plats fussent cuisinés. Puis il se mit à faire le tour du bateau en jonglant avec trois grenades à main.

Afin de prévenir une mutinerie, Robert fit clairement entendre aux « couilles graisseuses » que, s'il venait à en surprendre plus de deux réunis, il coulait le navire et tous ceux à bord.

Cette façon de parler naturellement énerva un peu l'équipage, exceptés High Pockets, Jim et moi-même. Quant à la virtualité de Robert-mort subite, nous étions depuis longtemps stoïques.

Nos problèmes mécaniques commencèrent au bout de quatre heures de mer. Le gros générateur électrique décrocha, son couple se brisa et ses éclats faillirent décapiter Julio. Dans les quelques heures qui suivirent, Julio — que je soupçonne d'avoir certainement entretenu des relations contre nature et perverses avec la mécanique à bord — s'activa, de plus en plus follement.

Peu après que le générateur eut fait ses paquets, le bras de transmission de la barre se coinça, ce qui fit que le bateau tangua horriblement et décrivit d'immenses cercles. Ceci aussitôt réparé, la pompe à eau refroidie du gros diesel fonctionna de travers et s'alimenta en eau potable puisée dans les soutes. Par un coup de chance, nous disposions, pour nous désaltérer et prendre nos douches, de réserves de rhum et de plusieurs centaines de caisses d'Heineken.

A l'aube du deuxième jour le générateur de secours lâcha sans raison apparente, nous privant de courant électrique — nous n'avions plus que le petit générateur à essence Honda qui nous servait à recharger les batteries. C'est à ce moment-là que le visage de Julio fut agité de tics nerveux et qu'il se mit à boire en douce du rhum à la bouteille.

Peu avant le déjeuner, ce même jour, une fuite de propane provoqua une explosion qui détruisit la moitié de la galère, et avec, la planque à drogues de Jim. Robert, bien sûr, mit cela sur le dos de l'équipage, sans exclure Julio.

Julio se défendit en retirant tous les crucifix de la chambre des machines, et en s'enfermant dans sa cabine où il psalmodia sans interruption ses Rosaires, et ses Je Vous Salue, Marie. J'interprétai sa désertion de la chambre des machines comme un très mauvais augure.

— Pas de quoi s'en faire, commenta Robert.

Il se chargerait des machines en personne. Ainsi

donc, pourvu d'une grenade à main et d'un marteau de forgeron, il plongea dans la fournaise et le vacarme de ce qui avait été le royaume de Julio. Le marteau de forgeron pour les ajustements délicats, disait-il. La grenade, pour les avaries plus importantes.

Evidemment la radio et le système de guidage par satellite à cent mille dollars d'Eduardo avaient cessé de marcher peu après notre sortie de Panama. Le seul message qui pût m'annoncer l'imminence d'un ouragan était la chute brutale du baromètre et un changement de vent, de Nord-Est à plein Nord.

Je vérifiai nos équipements de sauvetage : deux canots pneumatiques, indûment appelés de survie, des antiquités datant de la Seconde Guerre mondiale et un radeau fait d'élingues et de bossoirs sur le pont supérieur.

L'air de rien, je chargeais le radeau de bière et de rhum.

— Qu'est-ce que tu fais ?

Je me retournai vivement. C'était Jim.

— Je planque des bricoles, répliquai-je, évitant son regard.

Il se chargea d'une bonne rasade de Mount Gay.

— Tu sais une chose que nous autres on ignore ?

— Le temps pourrait se gâter un peu, voilà tout.

Jim marqua un silence, me détaillant.

— Ce baquet va couler, dit-il, et on va tous mourir.

Il but une nouvelle gorgée.

— C'est ça ?

— C'est plutôt ça.

— Robert sera furieux quand il saura.

Avant que je ne pus répondre, le bateau se souleva

sous la violence d'une explosion quelque part dans ses profondeurs.

— Seigneur, fis-je.

— Connard de Robert.

Jim secouait la tête.

Nous nous précipitâmes vers le pont inférieur. De la fumée s'échappait en tourbillons de la salle des machines. Le bateau donnait nettement de la bande.

Des cris, en espagnol, jaillissaient des coursives, des ponts, de la cale, de la salle à manger.

Robert émergea de la salle des machines, balayant, chassant la fumée. En larmes, le visage noirci, avec un air échevelé comme je ne lui en avais encore jamais connu. Le marteau de forgeron dans une main, une bouteille de rhum dans l'autre. La grenade à main désespérément absente.

— C'était un accident, dit-il.

Environ vingt minutes plus tard, le vieux *Don Juan,* ventre en l'air, sombrait. Les neuf que nous étions pressés dans le canot qui pouvait encore garder son air. Le chargement d'alcool sur le radeau, ballottait quelques mètres derrière nous, relié à notre canot par une amarre.

Alors que la quille du *Don Juan* s'enfonçait, Julio laissa échapper un cri de joie. Un horrible poids lui était retiré des épaules.

Une minute plus tard, à peu de chose près, l'eau autour de nous, comme bouillante, se mettait à se couvrir de bulles. Deux à trois mille ballots de marijuana crevaient sa surface, la cale principale du cargo ayant cédé sous la pression. Des centaines de rats montaient sur ces balles et y séchaient leur pelage trempé. Ça rendait fou High Pockets ; je le calmai en lui donnant une poignée de Milk Bone Flavor pour gros chien.

— Eh bien, fit Jim, au moins on n'a pas perdu la cargaison.

Il me passa la bouteille de Mount Gay.

Le crépuscule approchait lorsque nous fûmes secourus. A l'est l'horizon était noir, et le vent soufflait fort. Nous avions aperçu ce bateau la veille, au large de Baranquilla. Un chalutier pour campagne de trois semaines. Heureusement ils nous firent monter à bord avant de comprendre qu'une marchandise valant plus de deux millions de dollars dérivait autour de nous. L'obscurité était tombée, le vent gagna vite force dix. Les larmes aux yeux, le capitaine dérouta cap sud-ouest. Il nous ramenait à Baranquilla.

Jim en la circonstance avait acheté plusieurs gallons de rhum, aussi étions-nous complètement jetés quand nous tombâmes du bus et que nous titubâmes en direction du Point d'Eau pour Banditos de Riohacha cher à Eduardo. Avec la perte du *Don Juan,* Julio avait perdu sa ferveur religieuse, et se retrouvait ivre et querelleur tout autant que nous.

Lui et Robert allaient former une fameuse paire.

Inutile de dire qu'Eduardo n'était pas précisément enchanté de nous voir, mais il redevint vite lui-même après que Jim eut mouillé son breuvage avec l'habituelle prescription coke-amphés.

— On trouve un autre bateau et on recommence, annonça-t-il[1].

1. Malheureusement les choses ne se passèrent pas exactement ainsi qu'Eduardo les avait prévues. Deux semaines environ après le naufrage du *Don Juan,* Eduardo se retrouva dans de sales draps vis-à-vis des autres Seigneurs de la Dope de Riohacha. Pris de boisson, il

Il nous invita alors pour notre repos à demeurer environ une semaine à Riohacha.

Jim et Robert s'imaginaient qu'ils reprendraient les choses là où ils les avaient laissées lors de notre départ, trois jours auparavant, du moins en ce qui concernait la consommation de drogue. Je songeai sérieusement à nous imposer abstinence, mais sous la forte pression sociale environnante, finalement je renonçai...

Tout ce que nous appelons réel est fait de choses qui ne peuvent pas être prises pour réelles.

(Niels Bohr)

---

fut surpris au lit avec la femme d'un Seigneur de la Dope allié ! Ce qui est une sale entorse au Code de conduite des Seigneurs de la Dope. Eduardo fit le coup de feu pour quitter la ville. Légèrement blessé, il déguerpit pour Miami où il acheta une société et contrôla un jeu d'intérêts d'une banque locale.

L'exil forcé d'Eduardo élevait José du grade d'Assistant Seigneur de la Dope à celui de Seigneur de la Dope Pleine Charge, puisque José est le cousin d'Eduardo, et était son bras droit. Il a tenu cette position près de cinq ans, jusqu'à nos récents problèmes (vous en entendrez parler de-ci, de-là), qui fit plonger tout le tas que nous étions dans le gouffre de la finance et de la légalité.

Ceci eut pour conséquence que José rétrograda au rang de Bandito Pleine Charge, ce qui est plusieurs crans au-dessous de Seigneur de la Dope Pleine Charge, ou même d'Assistant Seigneur de la Dope.

5

BIG BANG BANDITOS

Il y a trois jours, sur le coup de midi du sixième jour, José et sa bande revinrent de leur assaut de la Bibliothèque de l'Université de Baranquilla. High Pockets et moi-même, au milieu de la cour, étions lancés dans un corps à corps où l'âme l'emportait. Legs prenait le soleil sur les marches de la cabane. Visiblement, il avait rencontré le succès durant la nuit : une grosseur de la taille d'une boule de billard roulait lentement dans son tube digestif. Je venais d'opérer un rétablissement et clouai High Pockets au sol dans une pauvre imitation d'une clé à l'oreille de chien quand je perçus un bruit de bottes et des coups de feu venus du défilé, le signe indéniable d'une Approche Banditos.

Quelques minutes plus tard, José émergea de la jungle, ses hommes derrière lui à peu de distance. Chaque Bandito trimballait un sac de cuir ou de marin plein à craquer de livres. José portait sur l'épaule droite une chose encombrante et boitait de ce côté.

Je bondis sur mes pieds, laissai échapper un cri de bienvenue. High Pockets se précipita sur José en aboyant, gueule retroussée. Les Banditos jetèrent bas leurs armes, leurs sacs, tous s'agitaient, parlaient. Tous paraissent plus ou moins indemnes, quelques-uns cependant étaient pansés. José afficha une Grimace Bandito spéciale, puis balança à mes pieds sa charge (enveloppée dans une couverture). J'entendis un gémissement, retirai l'étoffe, et découvris, surpris, un homme mince, frêle, entre deux âges, vêtu d'un costume. Il était ligoté, bâillonné et avait les yeux bandés. Je jetai un coup d'œil sur ma cour à présent jonchée de Banditos, d'armes légères, de quelques sombreros, de centaines de livres et, comme il devait s'avérer, d'un responsable de la Bibliothèque de Recherche de l'université de Baranquilla.

José et ses hommes entassèrent les livres devant la cabane, montant un mur d'environ quatre mètres de long, un mètre de haut, et quatre-vingts centimètres de large. José défit le bâillon, débanda les yeux du bibliothécaire dont le nom se révélait être Señor Rodriguez. Et la première chose que vit Señor Rodriguez lorsqu'il fut débarrassé de son bandeau fut l'énorme langue rose de High Pockets remontant sur son visage. Señor Rodriguez transpirait abondamment et High Pockets adore le goût du sel. Je dus l'écarter à bras le corps de Señor Rodriguez qui présentait les premiers signes de la crise cardiaque.

Ensuite José posa Señor Rodriguez sur le haut du mur de livres et aligna sa bande derrière. Il fit s'asseoir Señor Rodriguez, passa un bras autour des épaules du pauvre gars et me demanda de faire une photo de groupe avec l'appareil du père de Tina.

Je commençai par lui expliquer que je n'avais toujours pas de pellicule, mais il insista, peu importait, je devais prendre la photo.

Avec le temps, j'ai appris qu'il est plus facile de

contrarier José que de le convaincre. Je suis donc entré dans la cabane afin de me munir de l'appareil.

José et ses gars étaient trop près de la cabane pour qu'il me fût possible de tous les cadrer dans le viseur. A peine en avais-je fait la remarque que je comprenais mon erreur de jugement vaine et ridicule : quinze minutes plus tard les Banditos dix pas en arrière pour une nouvelle pose. Je leur demandai de prononcer « Queso » (cheese en espagnol), et pressai sur le bouton.

Je pris José à part et comme ça, l'interrogeai sur le Señor Rodriguez. José m'expliqua que Señor Rodriguez était « Zefe » (le chef) de la Bibliothèque de Recherche de l'Université de Baranquilla. J'attendais qu'il en dise plus long mais il se contentait de sembler très impressionné par ce qu'il avait fait. Quand je lui dis que je n'y entendais rien, il secoua la tête et fronça les sourcils devant ma stupidité.

Voilà de quoi il en retournait; José et sa bande avaient fauché les livres que je désirais et, ivres de leur succès, complétèrent la liste par deux cents, ou pas loin, ouvrages (à propos, qui n'ont rien à voir avec la Physique), puis décrétèrent que puisque je m'intéressais aux bibliothèques, certainement je serais intéressé par l'homme qui en dirigeait une.

— Ouais, bien sûr, c'est l'évidence même, pensai-je en mon for intérieur.

Ce type de raisonnement est parfaitement exemplaire de la Logique Bandito, une conceptualisation qui, pour une raison inconnue, est très voisine de la logique féminine, quoique à l'évidence leurs sources soient entièrement distinctes.

Je fus alors témoin du tonitruant exposé de leurs

exploits. Il est dur de faire la part du Fait Exact Bandito de l'Exagération Bandito, mais ce qui suit est une brève et sombre version du récit de José.

Voilà : José lança par l'Est son Assaut Bandito tôt le matin — les Banditos aiment attaquer avec le soleil dans le dos. Ils explosèrent les baies vitrées d'une façade de l'immeuble, et s'y engouffrèrent — les portes n'inspirent pas confiance aux Banditos.

La bibliothèque venait à peine d'ouvrir — Señor Rodriguez y était donc seul présent. Ceci bien évidemment s'avéra être un coup de malchance pour lui. Quand José vit tous les livres qui se trouvaient là, il paniqua plus ou moins. Il remarqua Señor Rodriguez qui se réfugiait dans son bureau et le tira à lui. Là-dessus un peloton de l'armée colombienne se présente sur les lieux et ouvre le feu sur la bibliothèque, s'imaginant qu'elle était investie par des terroristes ou bien des supporters d'une équipe de foot.

José ordonna à ses hommes de riposter, clouant le peloton au sol. Il obligea Señor Rodriguez à rassembler les titres portés sur ma liste. Cela accompli, José et ses hommes gagnèrent promptement le fond de la bibliothèque, ramassant les livres au hasard et tirant sur tout ce qui bougeait.

La troupe répliqua au mortier et au lance-grenades. Señor Rodriguez fut assommé par un exemplaire fusant des œuvres de William Shakespeare (José s'en saisit arès son rebond sur le front de Señor Rodriguez). José chargea le corps sur son épaule et mena ses hommes hors de la bibliothèque en usant de la fenêtre d'une salle de bains sur l'arrière. Ainsi fut sauvée la vie de Señor Rodriguez, car la troupe ignorant que la Brigade de Banditos de José l'avait évacuée, réduisait en cendres la Bibiothèque de Recherche de l'Université de Baranquilla.

Je remerciai, félicitai José et ses gars, puis signifiai à José que j'aimerais demeurer seul quelques minutes avec Señor Rodriguez. Je conduisis Señor Rodriguez dans la cabane et défis ses liens. Je bus quelques lampées de mescal, allumai un joint, puis l'installai sur le sol, et voulus lui expliquer pourquoi il était assis dans une cabane au fin fond de la Sierra Nevada au lieu de diriger la Bibliothèque de Recherche de l'Université de Baranquilla.

Je commençai par le commencement avec le braquage de la famille de Tina par José. Je rapportai la situation, scrupuleux de la nymphomanie de Tina (faisant une brève allusion à son diaphragme dissimulé), de sa trahison de Tom et Gary, et en vint au vif du sujet : Le Phénomène Sub-Atomique.

Señor Rodriguez me regardait yeux écarquillés alors que j'étais lancé dans un cours sur la Nature Sous-Jacente de la Réalité. J'agissais ainsi pour cette même raison qui m'avait poussé à faire allusion au Réel Sub-Atomique dans mes notes pour Tom et Gary : je voulais replacer la situation de Señor Rodriguez dans sa propre perspective.

Je faisais les cent pas dans la pièce, parfois en tirant, contemplatif, sur le joint, ou bien avalant une rasade de mescal. J'en étais ainsi arrivé à mi-chemin dans ma vulgarisation de la Mécanique des Quanta, et m'apprêtai à conclure dans le détail par l'Interprétation de Plusieurs Univers quand je m'aperçus que Señor Rodriguez, effondré en arrière sur sa chaise, avait perdu connaissance.

Après un examen plus approfondi, il devint évident qu'il avait sombré dans une sorte de coma.

Ce nouvel avatar était préoccupant. Je m'étais mis à éprouver de l'affection pour Señor Rodriguez, même si (au premier coup d'œil j'avais aperçu en lui l'homme sensible), il ne m'avait encore pas adressé la parole. Ce qui m'ennuyait en réalité tenait à ce que son coma n'était pas lié à l'étrangeté des circonstances dans lesquelles il se trouvait, mais plutôt à mes explications sur le pourquoi de celles-ci. Comme je transbahutais cette forme bancale de la chaise au lit, j'eus une brève pensée pour Tina, Tim, Gary et le père de Tina.

Je regardai par la fenêtre. José s'ébattait en compagnie de High Pockets alors que le reste de son équipe s'envoyait de la tequila et fumait des joints. Je criai à José de venir me rejoindre.

Lui et High Pockets se présentèrent ; lui une bouteille de tequila à la main, High Pockets un exemplaire du *Livre de la Connaissance* à la gueule.

Quand j'expliquai à José ce qui était arrivé à Señor Rodriguez, d'un air pénétré, il secoua la tête et fit « Ahh », puis il se pencha, ouvrit un œil du Señor Rodriguez. Où rien n'était visible sinon le blanc.

Un nouveau « Ahh ». José versa une pinte de tequila dans la gorge de Señor Rodriguez. Pas de réaction. Je m'assurai que le cœur battait toujours. Ça me paraissait régulier et sans faiblesse. José déchaussa un pied de Señor Rodriguez, retira la chaussette, disposa une allumette entre deux orteils. Il l'alluma et recula. Au bout de quelques secondes, l'allumette s'était consumée et éteinte. Pas un tremblement chez Señor Rodriguez. José m'accorda alors que Señor Rodriguez connaissait vraiment une sorte de coma.

Quand je lui demandai ce que nous allions en faire, il me répondit de ne pas m'en faire. Il avait un ami qui connaissait un Indien qui avait la pratique de ce genre de chose. Naturellement c'était ce même type qui connaissait ce même Indien si prompt à délirer et si aisément et qui n'avait rien su dire des serpents ou des Particules Sub-Atomiques. Quand je signifiai à José qu'il était peu probable que le type puisse davantage l'entretenir du coma, il soupira et son visage se défit. Ahuri, il était, pas de doute sur ce point.

Il apparut que pas plus José que moi-même n'étions qualifiés pour nous occuper d'un bibliothécaire comateux, nous décidâmes donc que des hommes de José feraient un brancard et ramèneraient Señor Rodriguez à l'Université de Baranquilla et qu'ils le laisseraient tomber devant le centre médical.

José sortit, rassembla ses hommes et demanda des volontaires. Personne n'était d'humeur à transporter Señor Rodriguez, trois jours de marche forcée durant, au travers d'une jungle infestée de prédateurs.

José tira son 45. Le pointa sur le Bandito le plus proche et lui demanda s'il était *sûr* de ne pas être d'humeur. Le procédé connut son plein succès. Quelques minutes plus tard, José et moi-même faisions nos adieux à Señor Rodriguez, puis le vîmes, porté, s'enfoncer dans la jungle.

J'ai passé les trois derniers jours plongé dans les livres attendus et reçus par gentillesse de José interposée. (Je m'étais servi de colle et de ruban adhésif pour réparer certains ouvrages qu'éclats d'obus ou balles de petits calibres avaient endommagés.) La tête à la fois obnubilée et indécise, il m'était douloureux de n'avoir personne à qui me confier. Quelqu'un avec qui partager mes considérations, mes interrogations. J'étais convaincu qu'une seule personne de mon Monde présentait le certificat de garantie : le père de Tina.

José était toujours hostile à tout échange de correspondance. J'imagine qu'au nom des raisons de sécurité, il a raison. Alors je proposai un compromis. A l'heure présente, sans doute possible, le père de Tina est retourné à Sausalito. Mon projet est de lui faire parvenir une rêveuse lettre anonyme et de lui demander d'y répondre par le biais des annonces classées du *International Herald Tribune* (une méthode courante chez les opérateurs clandestins pour échanger leurs correspondances). Je lui demanderai d'adresser ses annonces à Mr. Quark. Quark étant les plus intéressantes et les plus imprévisibles des particules Sub-Atomique. Et si mon attente n'est pas déçue s'ensuivra un fructueux Dialogue Sub-Atomique.

A présent je vais reprendre le récit du comment High Pockets et moi-même en sommes là où nous en sommes, reprenant là où je me suis interrompu — après que Robert eut soufflé l'Amiral's Inn à Antigua.

Ceux qui n'éprouvent aucun choc lors de leur première intrusion dans la Théorie des Quanta, ne peuvent aucunement l'avoir comprise.

(Niels Bohr)

6

OPÉRATION DESSINS ANIMÉS

Curaçao ou l'île que j'avais choisie pour prochaine victime.

Nous n'y étions pas très connus et elle se trouve proche de la Colombie, ainsi José pourrait-il facilement nous y rejoindre. Depuis la perte de notre dernier yacht, il nous fallait sérieusement marquer une pause et organiser la suite des événements.

A Riohacha, après avoir téléphoné à ses Saloons Banditos de prédilection, nous avons finalement mis la main sur lui. La communication était épouvantable mais nous avons réussi à rapporter la situation qui était la nôtre.

Il se présenta le lendemain à notre Holiday Inn. On en mit un sale coup avec la drogue et l'alcool, puis on entreprit de planifier l'Opération Looney Tune.

José disposait de nombreuses planques autour de la Colombie, mais nos bateaux avaient tous été soit coulés, soit confisqués par une variété d'administrations de différentes autorités.

Jim proposa qu'on se tire en avion, pour le plaisir du changement, à défaut d'autre chose. Robert approuvait, puis suggéra qu'on embauche Flash. J'étais complètement opposé à cette idée, pour des raisons qui vont vite devenir évidentes. Mais le vote me fut défavorable par trois voix contre une.

Nous nous entassâmes dans le *Lear,* et mîmes cap au nord, n'ayant seulement qu'une vague intuition de l'endroit où pouvait se trouver Flash.

Finalement nous le localisâmes dans le sud des Bahamas, sur un petit aérodrome perdu. Même à vingt mille pieds d'altitude, vous ne pouviez pas rater le B 29 Bomber blanc et bleu de Flash, une antiquité de la Seconde Guerre mondiale.

Harry posa le *Lear* sur la piste en corail, et le manœuvra pour le coller à l'avion de Flash, baptisé à bon escient le *Looney Tune.*

Lui et son chien, Aileron, étaient inanimés à l'ombre de la porte d'aile. High Pockets et Aileron tinrent une joyeuse assemblée canine, mais j'étais sur mes gardes. Pour vous avouer la vérité, Flash me rend toujours nerveux.

De tous mes partenaires, Flash est le plus déséquilibré. Il est tombé sur le B 29 dans la décharge d'un aérodrome de fortune en jungle colombienne afin de remplacer son vieux DC 3 écrasé au sol. Il n'a pas sa licence de pilote, et ne l'aura jamais, j'en suis certain. Flash est un de ces marginaux qui ne se sont pas aperçus que les années 60 étaient passées. Ses cheveux rouges flamboyants sont tenus en queue de cheval et vont bien avec ses moustaches tombantes. Le B 29 qu'il a rafistolé avec des cintres et du fil électrique, est la version aérienne du bus VW pour hippie. Il l'a même équipé d'une cuisine rudimentaire et d'un matelas à eau. Le *Luney Tune* est sa maison.

Contrabandista itinérant, il travaille au contrat coup

par coup, d'ordinaire pour des desesperados au bout du rouleau tels que nous autres. Ne serait-ce que de vous approcher de ce mec vous remplit de désespoir. Je vais vous donner un exemple de sa Vision du Monde tordue. Dans la cabine de pilotage, Flash a son idée propre sur la Théorie de la Gravitation. Il imagine que s'il est réellement raide en vol, la gravité aura moins d'effet sur lui, et sur l'avion donc, s'il prend de l'altitude, en baissant le régime des moteurs — ce qui économise le kérosène. Voler moteur au ralenti n'est pas un souci pour Flash, c'est la conséquence de cette théorie. Et ça le surprend toujours que le moteur de la sorte s'étouffe à une altitude de dix mille pieds. Comme un fait exprès il se dispense des services de la jauge à kérosène, prétendant qu'elle le distrait dans son pilotage. Dans le cockpit, à la place des instruments de navigation, Flash a installé un Betamax.

Pour autant, il ne manque pas d'humour. Si jamais le *Looney Tune* tousse et s'étouffe dans les airs, il hurle à l'adresse d'Aileron imitant à merveille Porky le cochon le : « The, ah, the, ah, that's all folks ! »

Le *Looney Tune* comme on pouvait le redouter était dans un état épouvantable, mais le système acoustique était foutrement au point. Flash aime écouter les Doors ou le Jefferson Airplane tandis qu'en compagnie d'Aileron, moteurs rugissants, ils volent au-dessus des vallées et des collines (au ras des arbres pour échapper au radar), le cockpit envahi par de la fumée de marijuana. Ou bien, s'il connaît le coin survolé, il regardera un dessin animé sur son Betamax.

Quoi qu'il en soit, nous l'avons tiré de sa torpeur, ouvert une caisse de bouteilles de champ, et nous nous sommes mis à conspirer sérieusement.

High Pockets et moi-même comptions deux, trois cents heures de vol sur des ruines volantes de tout type (DC 3 ou 4, le plus souvent), et serions respectivement copilote et navigateur (la navigation n'étant pas l'un des points forts de Flash). Aileron est mitrailleur de queue, il occupe donc le poste arrière, et guette l'ennemi.

José réouvrirait Santa Marta International Airport — à minuit tapante le dimanche suivant — avec l'aide du maire de Santa Marta, et nous récupérerions les deux mille cinq cents kilos de colombienne qui nous attendraient sur la piste. Après le ramassage — avec José, Jim et Robert en vol d'escorte à bord du *Lear* — Flash et moi-même mettrions cap au nord, pour Bimini, où nous referions le plein, puis le Massachussets, où quelques-uns des attardés de copains de Flash vivent toujours en communauté. Nous larguerions les ballots, irions atterrir sur un petit aéroport de campagne voisin, où nous attendraient José, Jim et Robert.

Ça semblait plutôt à l'épreuve du délire, malencontreusement les choses ne se passèrent pas exactement comme nous les avions prévues.

L'Etrangeté du Quantum n'est pas seulement réelle, elle est observable.

(John Gribbin)

7

CE BANDITO DE SCHRÖDINGER

Il y a une semaine environ nous avons eu quelques sueurs froides, par ici, sous forme de patrouille de l'armée colombienne. José soutenait qu'ils étaient venus me chercher ; je crois que leur intrusion avait quelque chose à voir avec le pillage de l'Université de Baranquilla. Sans doute était-ce un mélange des deux. Señor Rodriguez avait dû sortir de son coma et avait identifié High Pockets et moi-même sur des photos d'archive et il devait se souvenir suffisamment du coin pour indiquer en gros notre position. Peu importe, José et son équipe leur ont réservé le traditionnel Bienvenu Bandito — à coups de feu.

A première vue la bataille fut brève mais intense (je l'ai seulement *entendue,* cette information est donc de seconde main). José assure qu'il a passé de bons moments avec le lance-roquettes (celui dont il s'était servi contre le jaguar), et selon lui, l'on ne risquait plus de connaître de problèmes avec l'armée ou qui que ce soit doué de raison.

Quelques jours après cette échauffourée, s'est produit un autre événement digne d'intérêt, dans ma cabane pour être exact. Le copain de José qui connaît l'Indien prompt à délirer, informa José que l'Indien avait retrouvé appétit et parole. José me demandait si j'aimerais rencontrer le personnage et m'entretenir avec lui de serpents, de Phénomène Sub-Atomique, coma, ou de n'importe quoi. J'ai répondu, bien sûr, pourquoi pas ?

Ainsi José se présenta avec son Futé de Guarijan vêtu d'une tunique festonnée de plumes, osselets, amulettes et de deux montres Timex. José expliqua que ce vieux débris était une sorte de saint homme, impatient d'accéder à de nouvelles altitudes ou à autre chose.

Heureusement le vieil Indien parlait l'espagnol. Je demandai à José si je pouvais passer un petit moment seul avec l'Indien. José approuva sagement, monta sur son petit âne et s'enfonça dans la jungle.

Je donnai une banane au type ; il l'avala entièrement, peau comprise. Je lui fis signe de s'asseoir. Il s'installa par terre.

Avant de l'entretenir en profondeur d'importants sujets, je voulais savoir quelle était sa crédibilité, je lui demandai donc tout d'abord pour quelle raison High Pockets et Legs semblaient si bien s'entendre, hormis les mercredis.

Il secoua la tête, m'apprit qu'il lui fallait les rencontrer ensemble. Puisque nous étions samedi, j'imaginai que cela ne leur poserait pas de problème.

J'invitai High Pockets à sortir de sous le lit. Il émergea l'œil torve, bâilla, puis fut victime d'un bref accès d'éternuements. Je lui indiquai de s'asseoir en face du vieil homme.

Afin de déloger Legs de son nid sous la cabane, je ramassai mon M.16, engageai un chargeur et tirai quelques rafales par la fenêtre, puis je plaçai le fusil devant le vieil Indien et High Pockets. Legs, en réponse, apparut, serpenta jusqu'à la chambre de tir brûlante de l'arme, et s'y enroula.

Le vieil Indien posa une main sur la tête de High Pockets, de l'autre, il serra fortement Legs, et ferma les yeux.

Il demeura ainsi environ dix minutes. Pas plus l'Indien que High Pockets, ou Legs ne bougèrent d'un millimètre. Jamais je n'avais vu High Pockets demeurer assis aussi calmement. Il ne clignait même pas des yeux. Legs ne clignait pas davantage — mais j'attribuai ceci au fait que les serpents n'ont pas de paupières.

Finalement le vieil Indien ouvrit les yeux et reposa ses mains sur ses genoux osseux.

Il révéla alors que le phénomène était de nature astrologique. Ça avait à voir — entre autres — avec les périodes lunaires en conjonction avec les signes astraux de Legs et de High Pockets (l'astrologie chez les Guarijan compte bien un demi-millier de signes astraux).

Intérieurement, j'eus un sourire suffisant et lui rappelai que le cycle lunaire est de vingt-huit jours, que notre calendrier normal (février excepté), totalise trente ou trente et un jours. De ceci, il résultait que les mercredis recoupaient chaque mois différentes périodes lunaires, donc qu'est-ce que cette putain de lune venait foutre là-dedans, au nom du ciel.

Le vieil Indien sourit un peu, me fit signe de retrouver mon calme, et entreprit de me remettre les idées d'aplomb en tenant un discours approfondi sur pourquoi le mouvement rétroactif de certaines planètes (dont Mars à coup sûr), couplé avec l'Effet Coriolis[1] provoquait dans la Conscience Canine de High Pockets un conflit arithmétique avec la conscience de Legs, celle-ci étant, ajouta-t-il, plus longue et plus fine que la conscience de High Pockets, bien que l'âme d'un chien ait son siège dans sa queue. Il m'expliqua alors que les chiens n'agitent pas réellement la queue, mais que le Grand Esprit se meut de telle sorte que lorsque les chiens agitent la queue, la queue est réellement immobile tandis que tout le reste s'agite.

Arrivé à ce point, je sentis qu'il allait délirer à coups d'éblouissantes inconsistances afin de me distraire et de ne pas répondre à la question préliminaire.

Exemple d'inconsistance : Legs n'est pas né, il a éclos. Et, quoiqu'impressionné par ses connaissances en astrologie, et plus particulièrement en matière d'Effet Coriolis, ses informations astrologiques, pour la plupart, sonnaient faux.

J'étais embarrassé. Je voulais aller plus avant sur des questions plus sérieuses, pour les nommer : le Phénomène Sub-Atomique, mais je n'étais pas certain que le vieil Indien fût prêt ou bien disposé à se pénétrer de la profondeur de ce que j'avais à dire, à plus forte raison d'y apporter une note personnelle.

Je bus quelques lampées de mescal pour m'éclaircir les idées.

Eh bien quoi ! me fis-je. Je n'avais qu'à me jeter à l'eau.

De façon anodine, je m'enquis de savoir s'il prêterait

1. L'Indien n'appelait pas cela par son nom, mais clairement il faisait référence à ce phénomène lié à la rotation de la terre et à ses effets sur les corps liquides et gazeux.

attention à mes considérations sur la Nature Sous-Jacente de la Réalité. Son assentiment fut nettement sensible.

Je commençai par le commencement, avec le braquage par José de la famille de Tina. J'expliquai à quel point ma toute récente sagesse découlait de la nymphomanie de Tina. (Je ne fis pas allusion au diaphragme enfoui puisqu'il est douteux que les Indiens soient coutumiers de tels engins.) Puis rapidement je décrivis l'assaut de José contre la Bibliothèque de l'Université de Baranquilla, et l'enlèvement de Señor Rodriguez. Je lui demandai son point de vue sur le coma. Il ferma les yeux quelques secondes et me dit qu'il pensait que le coma ça marchait. J'étais si impressionné par la concision quasi poétique de sa réponse que je décidai d'aller plus au-delà dans la Physique Moderne.

Je sentis qu'un léger retour en arrière sur ce chapitre était nécessaire au vieil Indien. En conséquence je débutais par un bref mais précis historique de la science, de la Physique en particulier. Je fis allusion à Copernic, Galilée et, par-dessus tout, Newton.

J'expliquai comment les Lois de Newton sur la gravitation et le mouvement avaient été le socle de la Physique classique. Lois dont nous nous servons a priori. Lois que soit nous apprenons en Université, soit nous possédons de façon intuitive. Lois qui portent sur la cause et l'effet. Lois qui soutiennent que l'Univers est un espace ordonné et prévisible. Lois qui se sont révélées comme absolument fausses.

Je marquai une pause pour guetter l'effet. Là, il ne semblait pas y en avoir.

Assis par terre, le vieil Indien demeurait impassible.

Je souris en mon for intérieur. « Tu vois ce que je veux dire, me fis-je. Une cause sans effet. »

J'allumai un joint, exhalai la fumée en pleine contemplation.

— Puis arriva Einstein, dis-je.

Je savais que je frappais un grand coup dans la chronologie, mais le vieil Indien était un sacré auditeur, alors j'avais jugé que le mieux était de foncer jusqu'au cœur du problème. J'expliquai comment les Théories de la Relativité d'Einstein (Générale et Spéciale) avaient indigné les physiciens classiques, et avaient planté le décor pour la révolution suivante de la pensée moderne et scientifique : la Mécanique des Quanta[1].

Sur ce, le vieil Indien me demanda une autre banane. A nouveau, il l'engloutit sans l'éplucher, ni la mâcher. J'avais le vif sentiment qu'il s'efforçait de faire dérailler le train de mes pensées.

— Plus de banane jusqu'à ce que j'en ai fini, dis-je.

Son acquiescement fut nettement sensible.

Je me devais à nouveau de sonner l'alerte chez lui. En ceci que nous étions sur le point d'effectuer un bond conceptuel. Partir du monde Macroscopique des Banditos et des Bananes, pour arriver au bizarre du Réel de l'Atome et au-delà. Nous étions sur le point de porter le regard sur ce qui en est réellement. Un bond d'ici à *ici,* comme inévitable.

Et puisque mon excitation allait grandissante, je dus boire quelques goulées de mescal afin de calmer mes nerfs. Je rallumai un joint.

1. L'ultime ironie étant qu'Einstein, un des pères fondateurs de la Théorie des Quanta (bien qu'il l'ignorât alors), ne pouvait se résoudre à l'accepter.

J'expliquai ensuite que l'un des problèmes majeurs lorsqu'on aborde le monde en deçà de l'atome est notre langage, outillé pour la Réalité Macroscopique, et qu'user d'allusions, de métaphores, d'analogies, est la meilleure façon de saisir le Réel Microscopique. Autrement dit que ce que nous appelions « sens commun » peut court-circuiter notre acceptation de la Vérité [1].

La première chose à faire, était de guider le vieil Indien le long du chemin qui va de la Réalité Macroscopique au Monde Sous-jacent pavé d'absurdités. Je commençai mon explication en affirmant que très, très loin en arrière, il n'y avait Rien. Pas d'espace, pas de temps, pas de matière. Que dalle. Un carnaval de zéros. Puis il y eut un Bang, un très gros Bang [2]. L'Univers connut une actualisation et une expansion rapide, formant un continuum Espace-Temps. Matière et Energie apparurent, étoiles et systèmes solaires se formèrent, de même que les ci-dessus mentionnés Banditos et Bananes. En entendant le mot « banane », le vieil Indien se râcla la gorge.

« D'accord, eus-je pour pensée en moi-même. Il veut jouer au con. Eh bien, on peut y jouer à deux. »

Je me saisis d'une banane et la brandissai.

— De quoi est faite une banane ?

Le vieil Indien se léchait les lèvres.

— D'un truc à la banane, répliqua-t-il.

C'était plus ou moins la réponse à laquelle je

1. Je nomme ce problème de langage, le Concept du Participe Sub-Atomique Pendant.

2. A l'évidence le lecteur astucieux a compris que puisqu'il n'y avait rien avant le Big Bang, l'adjectif « Big » est impropre. Je reconnais qu'on ne peut le rapporter à aucun « Small » — mais comme je le signifiais, ici je me bats avec les mots.

m'attendais. A présent, pensai-je, il est vraiment à ma main.

— Et de quoi est fait le truc à la banane ? m'enquis-je d'un air suffisant.

La réponse du vieil homme devant cette question me prit en défaut.

— Le Grand Esprit, avait-il répondu sans hésiter.

Je tirai de mon joint une longue bouffée, l'exhalai, contemplatif.

— Et de quoi est fait le Grand-Esprit ?

Il posa une main sur la tête de High Pockets. High Pockets agita la queue, comme il le fait toujours pour répondre à une marque d'affection.

— Demande à sa queue, fit le vieil Indien.

— Comment ?

A nouveau, j'étais dans l'embarras.

Le vieil Indien souriait, les yeux fixés sur la banane que je tenais.

— Le Grand Esprit s'agite, dit-il. Maintenant donne-moi la banane[1].

— Pas de banane, bordel, hurlai-je. Pas bordel question de banane !

J'eus un monumental renvoi de mescal, et tendis la bouteille au vieil Indien.

— T'auras la banane quand je te dirai que t'auras la banane.

Son acquiescement était nettement sensible. Il descendit d'un trait la demi-bouteille.

— Seigneur ! fis-je.

1. D'une certaine façon le vieil Indien avait raison — de façon métaphorique, le Grand Esprit *s'agite,* mais j'étais trop jeté pour m'en rendre compte.

Le vieil Indien laissa échapper un incroyable rot, effrayant à mort High Pockets qui bondit par la porte et gagna la jungle. Même Legs était surpris.

— Ça va, ça va, fis-je, tentant de ramener le calme.

Là-dessus, il se mit à pouffer de rire. Le mescal, visiblement, commençait à le chauffer.

Je soupirai et m'assis par terre.

— Es-tu en contact avec le Grand Esprit ?

Le vieil Indien acquiesça et se remit à pouffer.

— Dis-lui d'aller se faire mettre tout seul.

Mon propos eut l'effet désiré. Le vieil Indien cessa ses pouffements et ferma les yeux.

— Maintenant je vais te parler de ton Grand Esprit, éructai-je. Le truc à la banane ou n'importe quel truc est fait d'atomes, dans le cas de la banane, des atomes de carbone essentiellement. Maintenant si nous descendons encore plus bas au-dessous du niveau de l'atome, les choses deviennent stupéfiantes.

Je me mis à faire les cent pas devant lui qui demeurait immobile, les yeux toujours clos.

— Il n'y a qu'un seul système de pensées pour expliquer avec succès la nature du Phénomène Sub-Atomique, poursuivis-je. Ce système est appelé Mécanique des Quanta. C'est une façon de prendre en compte la Réalité Sous-Jacente. C'est une façon de prendre en compte ton Grand Esprit.

Là, le vieil Indien se mit à rouler des yeux sous ses paupières comme s'il était sous hypnose, comme s'il était en proie à un rêve spectaculaire ou à une hallucination.

— Ton Grand Esprit est un très vilain garçon. Il a fait de son mieux pour nous tromper. Mais peu ou prou nous avons découvert de quoi il en retournait. Il nous a livré un Monde ordonné en apparence. Mais sous cet ordre illusoire, il y a le chaos. L'Absurde.

Je rallumai mon joint, et continuai. J'en arrivai à expliquer en quoi la Théorie de la Relativité avait anéanti notre conception de la causalité de l'enchaînement des faits.

En outre, les Unités Sub-Atomiques ne se présentent pas sous forme de particules solides. Au lieu de cela, elles se présentent comme des entités abstraites. Des entités qui statistiquement ont des tendances à l'existence.

Je tenais la banane devant les yeux clos du vieil Indien.

— En un certain sens, c'est une illusion. Nous faisons apparaître la réalité, et la réalité nous fait apparaître. Tu participes à l'existence de cette banane et vice-versa. Le Grand Esprit dont tu me parles est mathématiquement déchiffré par la Mécanique des Quanta. Ce calcul indique que le hasard est absolu. Le Grand Esprit ne sait foutrement pas ce qu'il fait.

Le vieil Indien ouvrit lentement les yeux, et regarda droit devant lui.

— La matière, en fait, la totalité de l'univers, est essentiellement privée de substance. En d'autres termes, il n'y a pas de truc à la banane au sens de réel. Pour dire la chose simplement, cette « banane » est « faite » de vagues, et ces vagues sont probablement des vagues. Pour replacer cela dans une autre perspective, cette banane existe *probablement*. Tu la veux toujours ?

Le vieil Indien ne broncha pas d'un cil.

— C'est bien ce que je pensais.

J'ouvris une autre bouteille de mescal, en bus une rasade.

— A disparu pour toujours le point de vue qui est le nôtre au sein d'un Univers qui a un sens. Toute l'affaire est une gigantesque partie de dés, avec pour première règle qu'il n'y a pas de règles, et les règles et les paradoxes se suivent et se suivent et le Grand Cirque se poursuit dans un nombre infini de gestes, d'à-côtés, et de monstruosités.

Je perçus un faible grondement. Le vieil Indien en était l'origine.

High Pockets se mit à hurler dans la jungle.

Enroulé autour du M.16, Legs contemplait le vieil Indien.

— Nous touchons à présent au problème du Bandito de Schrödinger[1].

L'intensité du grondement augmenta de quelques décibels.

— Supposons que José ait été capturé lors de son assaut contre la Bibliothèque de l'Université de Baranquilla, et qu'il ait été mis à l'isolement par l'armée.

Supposons à présent qu'un Generalissimo sadique ait placé une ampoule d'un gaz mortel touchant au système nerveux dans la cellule de José. Un événement hasardeux commandant ou non à la libération du gaz (comme si oui, ou non, un atome d'uranium se défaisait durant une phase temps spécifique).

Sur ce, je procédai à une légère digression. J'expliquai que le travail de Heisenberg, Schrödinger et

1. En fait ce problème est intitulé : « Le joyeux commérage de Schrödinger », mais je me suis dit que le vieil Indien l'identifierait mieux avec Banditos.

d'autres avait conduit à la conclusion, déjà citée ci-dessus, que nous sommes des *participants* à la réalité, que nous sommes liés à elle, et non pas *observateurs*. A partir de quoi, en extrapolant, l'on en est venu à accepter que rien de réel ne se produit tant qu'il n'a pas été observé, dans ce cas précis par le Generalissimo. Quand il jettera un œil dans la cellule de José, il observera que José est soit mort ou vif. Il saura alors si l'atome d'uranium s'est défait. Répétons-le, jusqu'à cette observation, *rien ne s'était produit.*

Le grondement du vieil Indien se fit plus fort.

— Disons que le Generalissimo est en train de sauter sa petite amie et qu'il ne prend pas la peine d'aller vérifier comment se porte José, l'heure durant après le temps spécifique imparti. Quel est le statut de José durant cette heure ? Le « sens commun » nous répondrait qu'il est mort ou vif.

Pour indiquer l'emphase, je fis la pause.

— La Théorie des Quanta affirme qu'il n'en va tout simplement pas ainsi. L'Interprétation de l'Ecole de Copenhague soutient que José est soit mort, soit vif, mais dans une sorte de latence, dans l'attente d'être observé.

Il m'était à présent nécessaire que j'élève la voix. Entre High Pockets hurlant dehors, et le grondement de l'Indien à l'intérieur, il m'était difficile de m'entendre penser.

— Cette idée que l'état de José est contingente de la performance sexuelle d'un gros baiseur de Generalissimo heurte la conviction profonde de nombreux scientifiques. John Wheeler, Hugh Everett et Ned Graham arrivèrent avec une solution astucieuse à ce dilemme.

A présent, je hurlais.

— L'interprétation orthodoxe de la Mécanique des Quanta affirme que l'une des possibilités connaît une actualité. José soit mort, soit vif. Ce que Wheeler, Everett et Graham proposent est que ces deux solutions connaissent leurs actualités, mais dans *deux différentes branches de la réalité.*

Le grondement du vieil Indien fut comme le hurlement d'une sirère de voiture de police. High Pockets hurlait plus ou moins en accord avec lui.

Legs écœuré par la situation se déroule sur le sol, pour aller disparaître dans son trou.

— L'Edition de José, éventuellement observée (pour des raisons sentimentales, disons-le vivant) est l'Edition de José dans notre Réalité. Dans une autre Branche de la Réalité, il y a une Edition de José mort ! De façon appropriée, cette Théorie est nommée Différente Interprétation du Monde selon la Mécanique Quantique [1].

Je bus une nouvelle et solide dose de mescal, puis m'écriai par dessus le vacarme.

1. Si cela vous semble dénué de sens, laissez-moi vous rappeler, lecteur, quelques exemples de théories qui furent dénuées de sens :

La terre est ronde — Eratostène. 300 av. J.-C.

Un jour l'homme volera — Leonard de Vinci. XVe siècle.

La terre n'est pas le centre de l'univers — Nicolas Copernic. XVIe siècle.

Le mouvement est relatif — Albert Einstein. Début XXe siècle.

Les filles veulent seulement s'amuser — Cindy Lauper. Fin XXe siècle.

La liste est longue. Le cœur du problème étant que « dénué de sens » est simplement ce qui nous apparaît inintelligible au nom de notre point de vue *présent.* Laissez-moi également ajouter que les Principes de la Physique Quantique ont résisté à toutes les expérimentations imaginées jusqu'à ce jour et qu'ils ont conduit au développement, entre autres, des transistors radio, micro-ordinateurs et à ces nouveaux vibromasseurs sur piles si positifs sexuellement aidant.

— Comment se porte ton Grand Esprit, Toto ?

Le vieil Indien cessa brutalement de gronder. High Pockets aussi. L'absolu silence qui en résultait me laissait un peu tout chose. Peut-être était-ce le mescal ? Difficile à dire.

J'examinai le regard du vieil Indien. A l'évidence il connaissait une sorte de transe. J'eus une brève pensée pour Señor Rodriguez, où qu'il fût, puis pour Tina, Tom, Gary et le père de Tina.

Soudainement le vieil Indien se dressa, quitta raidement la cabane et disparut dans la jungle. Depuis, je ne l'ai plus revu [1].

Au matin, je m'éveillai avec une monumentale et bourdonnante idée en tête. Puisque le père de Tina n'avait pas répondu à ma missive, je décidai qu'une action radicale devait être menée. Quelque chose qui le bouge assez pour l'obliger à répondre. Je décidai également d'inclure Tina, Tom et Gary dans ce projet. A intervalles réguliers j'enverrais à tout le groupe un courrier.

Cette nouvelle floppée de pensées adressées sera de Nature Sub-Atomique ; j'avais mis au point un ingénieux stratagème pour que tous se tiennent sur la pointe

1. Ceci est un Journal de Marche dans le Temps (JMT). Je vous contacte depuis le futur. La date avancée de ce futur ne vous regarde absolument pas, néanmoins vous pourrez éventuellement vous en faire une idée. Je fais ici le saut en arrière juste pour vous dire ce que j'ai appris concernant le vieil Indien. A nouveau, depuis plusieurs mois, en proie à des bouffées délirantes, il n'a ni mangé, ni parlé, ni fait un geste.

des pieds. José était d'accord pour m'aider dans cette entreprise. Il disposait de Cohortes Banditos dans toute l'Amérique Centrale et du Sud, un véritable essaim. Il devra faire que ses Banditos postent mon courrier *simultanément* depuis les différentes places fortes Banditos. Les lettres manuscrites, marquées de mon style et de mon esprit, que l'on ne peut confondre, seront identiques, ainsi il apparaîtra que je me trouve en différents lieux au *même moment* !

L'astucieux lecteur devrait aussi percevoir la similitude entre cette idée et la Différente Interprétation du Monde selon la Mécanique Quantique (chaque lettre, de façon allégorique, sera la représentation des différentes Editions de mon moi). Je suis particulièrement curieux de la réaction du père de Tina. Je vais tremper, par essence, son Ardeur Sub-Atomique dans l'acid-test.

Dieu seul sait ce que Tina, Tom et Gary penseront de tout ceci.

Si quelqu'un doit se coltiner avec ce fichu bond en avant quantique, alors je déplore d'avoir eu à voir quelque chose là-dedans.

(Erwin Schrödinger)

8

LE VOL DU LOONEY TUNE

Flash et moi-même décollâmes à destination de la Colombie, accompagnés par notre double Cohorte Canine Criminelle. Sur mon insistance nous avions rempli le matelas à eau de kérosène à haute teneur en octanes, et branché une pompe refoulante sur les réservoirs pleins du *Looney Tune*. Flash me rendait nerveux en balançant par-dessus son épaule ses mégots allumés, visant au jugé son lit volatile.

En dépit de l'absence à bord d'instruments de navigation, si ce n'était une boussole rudimentaire, nous nous débrouillâmes pour trouver Santa Marta International. Flash exécuta un de ses habituels atterrissages de patineur à roulettes provoquant chez les Banditos du gang de José de fulgurants et spontanés applaudissements.

José, Robert, Jim, Flash et moi-même, nous nous détendîmes sur la poste de dégagement tandis que les Banditos déchargeaient l'avion et attaquions sérieusement la bouteille alors que High Pockets et Aileron (copains comme chiens de première classe), vagabondaient, accomplissant ce quoi que ce soit qu'accomplissent les chiens lorsqu'ils sont hors de vue des êtres humains.

Quand l'équipe de José eut achevé le déchargement, ils se joignirent à nous pour nous fêter un « bon voyage ».

Flash et moi-même récupérâmes les chiens et nous tous, nous entassâmes dans le *Looney Tune.* Flash régla la stéréo à fond, alluma un joint, puis exécuta un de ces décollages qui enchantent les foules. Nous mîmes cap au nord, prenant très lentement de l'altitude puisque nous étions dangereusement en surcharge.

Environ une heure plus tard, nous volions à une altitude de 10000 pieds. High Pockets, Flash et moi-même pressés les uns sur les autres dans une cabine en pleine pagaïe, le reste de l'avion bourré à ras bord de ballots de marijuana. Comme je l'ai indiqué auparavant, le poste d'Aileron se trouvait tout à l'arrière, dans la bulle du mitrailleur.

— Aileron ! appela Flash entre deux bouffées de sa sèche à ma marijuana.

Un simple aboiement assourdi fut la réponse.

— Rien à signaler ?

Deux aboiements, c'était le signal qu'il n'y avait rien à signaler. Trois aboiements signifiaient qu'Aileron avait repéré un autre avion. Un, que l'avion filait un avion qui n'était pas le nôtre. Une sorte d'alerte jaune. Quatre aboiements ou plus voulaient dire que l'ennemi se déroutait vers nous, ou bien qu'Aileron en avait repéré un qui pour de bon nous poursuivait. Ça, c'était l'alerte rouge. Un hululement hystérique signifiait que nous étions dans la merde jusqu'au cou — disons, sous le feu d'un avion de chasse — et que nous devions prendre des mesures radicales.

Ceci d'ordinaire prenait la forme d'un piqué complet vers la terre la plus proche quelle qu'elle fût, de sorte que Flash puisse voler entre les collines, les arbres, ou bien (ce qu'il préférait) entre les immeubles afin d'ébranler son adversaire.

— Ce vieux Aileron a un sixième sens pour repérer l'ennemi, m'expliqua Flash alors qu'il poussait le volume sonore de sa monumentale installation stéréo, puis il cala le réglage lumineux sur le Beta.

Le cockpit était moite de fumée de marijuana et éclairé d'inquiétante façon par un dessin animé de Bip Bip et le Coyotte. Jim Morrisson beuglait « Black door Man ».

— Une fois ce vieux Aileron l'a entendu venir un F16 avant de le voir.

Il me passa le joint.

— J'ai fait un piqué à angle droit, pour être au ras des arbres, j'ai repéré une ville, euh, Baltimore, je crois, difficile d'être sûr. Cette ville avec toutes ses statues, ses monuments ?

— Ça, c'est Washington.

Silence de réflexion.

— Merde, non. Je devais être au-dessus de Baltimore, maugréa-t-il. A cause du vent de la mer.

Je fis remarquer que nous avions en quelque sorte perdu le cap. En fait, nous volions en gros vers le Portugal.

— Ah ouais, c'est juste.

— Tu vois cette étoile. Celle qui brille faiblement au bout de la Petite Ourse, lui demandai-je, en chassant la fumée du pare-brise.

— La Petite Ourse ?

— C'est Polaris, l'Etoile du Nord. Tu poses ton nez

dessus et tu la lâches plus. A coup sûr, c'est presque le cap Nord.

— Super.

Que Flash n'eut jamais entendu parler de Polaris me rendait plus fébrile que je ne l'étais déjà.

Flash dut sentir mon appréhension grandissante.

— T'en fais pas, dès qu'on sera au ras des arbres, ça gazera.

Laissez-moi ici ajouter que Flash est le seul pilote vivant à se sentir plus en sécurité à basse altitude. En haute altitude, non seulement la navigation est plus facile (la visibilité étant accrue), mais aussi parce qu'en cas de panne de moteur, il est possible de planer jusqu'à l'atterrissage d'urgence dans des conditions de sécurité raisonnables. Par-dessus tout, voler au ras des arbres est (pratiquement par définition) une pratique qui vous laisse sur le fil du rasoir. Une petite faute d'inattention à 200 miles à l'heure peut rapidement transformer le ras des arbres au-dessous de vous en percution de plein fouet de l'arbre en face de vous.

La réponse de Flash devant cette logique implacable étant :

— Conneries ! Plus tu tombes de haut, plus vite t'arrives en bas. C'est une vieille devise de pilote.

— Eh, attends un peu, fis-je. La vieille devise, c'est : « Plus forts ils seront, plus dure sera la chute. » Et ça n'a rien à voir avec les pilotes.

Silence de réflexion.

— Au ras des arbres, bougonna Flash, et il monta le volume de la stéréo, rendant la conversation encore plus impossible.

Nous atteignîmes les Bahamas aux premières lueurs, localisâmes Bimini, et atterrîmes. Notre oiseau Lear se trouvait devant la baraque délabrée des douanes. Robert et Jim étaient extrêmement ivres et se querellaient avec le chef de la police et deux agents des douanes qui exigeaient dix mille dollars de plus que l'habituel pot-de-vin pour refaire le plein de kérosène d'un avion chargé d'herbes. José avait apporté sa mitraillette Thompson et voulait régler la dispute selon la prescription de la Mode Bandito, mais je l'en dissuadai.

Finalement la situation redevint suffisamment calme pour nous permettre de refaire le plein du *Looney Tune*. Nous décollâmes, laissant Robert, José et Jim sur la piste de dégagement agitant, en guise d'au revoir, leur magnum de champ.

Comme d'habitude, tout ce temps-là, Harry et son copilote demeurèrent à bord du Lear. En dépit de ses impressionnants trophées militaires, Harry ne cachait pas que certaines de nos singeries le rendaient nerveux et qu'il préférait ne pas y être mêlé.

Nous avions calculé les heures de vol de telle sorte que nous étions au-dessus des côtes du Massachusetts à la tombée du jour.

J'éprouvai un léger pincement quand je découvris que nous volions au-dessus de la Nouvelle-Ecosse et (je faisais mon estimation), que la réserve de carburant descendait.

Flash ne semblait pas s'en inquiéter.

— Vents de travers, maugréa-t-il, puis il donna un brutal coup d'aile à gauche et entreprit de suivre au ras des arbres la découpe irrégulière de la côte.

Je baissai la stéréo.

— Je crois que nous devrions reprendre un poil d'altitude.

Flash donna les gaz, tailla la cime d'un pin, ralluma son joint et fit, tiquant :

— Au ras des arbres.

Je jetai un coup d'œil sur High Pockets. Il était étalé sur un ballot, les yeux étroitement fermés.

— Aileron, appela Flash.

Un aboiement.

— Rien à signaler ?

Deux aboiements.

Je servais comme bombardier. Flash me donna l'ordre de largage, pouces en l'air, quand il s'imagina que nous survolions la communauté de ses potes. J'actionnai vite l'ouverture de la trappe à bombes et m'aperçus horrifié que High Pockets, yeux clos, demeurait toujours étalé sur son ballot.

A l'évidence ce que je vis ensuite était une hallucination, la probable conséquence de sa fumée de marijuana combinée avec plus de dix heures de dessins animés avec Bip-Bip, en compagnie de deux chiens et d'un complètement givré.

Bref le ballot sur lequel se tenait High Pockets était largué dans la nuit avec une centaine d'autres environ. Mais High Pockets demeurait suspendu au-dessus de la trappe à bombes ouverte, les yeux toujours clos.

Après ce qui parut durer une éternité, il ouvrit les yeux, regarda en bas, comprit qu'il n'y avait sous lui rien d'autre que du vide et se débrouilla pour ramper tant bien que mal, dans le style Wily le Coyotte, à deux doigts de sa fin.

Mon soulagement devant High Pockets se sauvant d'une mort certaine eut la vie brève.

— Pourquoi est-ce si calme, me demandai-je à haute voix.

Flash jeta un coup d'œil par-dessus son épaule, grimaça avant de me faire subir son imitation de Porky le cochon. L'étrange expression sur le visage de High Pockets et ma propre découverte que tout était si calme parce que les moteurs avaient cessé de tourner furent les dernières choses dont je me souvienne quant au vol du *Looney Tune*. Je fus touché par un éclat et perdis connaissance.

Ainsi qu'on put le vérifier, nous n'étions pas au-dessus de la communauté. Nous *étions* en panne d'essence et plusieurs administrations gouvernementales s'étaient entassées sur l'ensemble de l'état afin de nous recevoir.

Flash et moi-même fûmes placés sous bonne garde après que la loi de la gravité bien élevée eut accompli son geste à l'endroit du *Looney Tune*.

Apparemment nous restâmes un bon moment l'objet d'une vive attention. Certaines agences (l'anti-drogue par exemple), ignoraient que d'autres agences (la CIA par exemple), se penchaient également sur notre dossier. Ainsi les choses allèrent-elles dans la confusion et le manque de simplicité.

Pendant ce temps : José, Robert et Jim, ayant entendu le bruit de nos moteurs au-dessus de la communauté, avaient bondi sur le camion tout-terrain de location, en quête de la zone de parachutage.

Evidemment la séance avait débuté quand Flash m'avait donné le feu vert de largage, faisant que notre chargement alla s'éparpiller sur une foule de spectateurs dans un cinéma en plein air ; son public tout à fait enthousiaste sous ce don venu du ciel.

José joua au flic avec Geste Bandito quand il découvrit la foule enchantée charger nos ballots dans le coffre des voitures et démarrer à toute allure. Il jaillit hors du camion, sa Thompson crépitant en rafales de sommation. Ses gars se débrouillèrent pour sauver environ la moitié de la cargaison et s'enfuirent avant que les autorités locales ne saisissent ce qui se passait.

Tout ce petit monde curieux de savoir où Flash et moi-même étions passés, retourna à la communauté et le poste de télé fut allumé. La méthode habituelle dont nous usons pour savoir ce qui est arrivé quand les choses ne se sont pas déroulées exactement comme prévues.

Tous furent bouleversés quand le présentateur les informa que Flash, High Pockets, Aileron et moi-même étions en taule.

> *Vous vivez un temps bouleversé, plus bouleversé qu'à l'accoutumée, parce qu'en dépit du grand progrès scientifique et technologique, l'homme n'a pas la moindre idée de qui il est ou de ce qu'il fait.*
>
> (Walker Percy)

9

BASE-BALL BANDITO

Notre petite cabane dans la jungle était devenue un véritable temple de la Révélation Cosmique. A mesure que se fortifiait ma compréhension des merveilleuses machinations de cet univers qui est le nôtre, il en allait de même de ma sérénité. Tenu par la Laisse de la Connaissance, je promenais High Pockets sur le Sentier de la Tranquillité Canine. Pour les enfants de Dieu, j'aimerais rendre ce monde plus mûr, plus apaisé. La semaine dernière je décidai d'engager ma Croisade pour la Paix dans le Monde, ici même, dans mon petit Coin de Cosmos. José et ses gars avaient provoqué une querelle de famille avec une bande de Banditos Rivaux de l'autre côté de la montagne. Pour prétexte, je crois, une sorte de sentiment primitif de l'espace vital.

Peu importe, je décidai d'entamer ma croisade en donnant à José et à sa bande quelque aperçu de la Nature sous-jacente de la Réalité et, par là même, de replacer cette dispute dans sa propre perspective. Je persuadai José de nous laisser High Pockets et moi-même visiter la ville une nuit de partie de billard et de mescal. Je préparai ma conférence, chargeai mon M.16

et descendis en ville sur le dos d'un cousin de Pépé, un petit âne nommé Raoul.

La ville ressemble plus ou moins à l'idée que vous vous faites de la Place Forte Bandito typique. Une étroite rue de terre battue, avec quelques maisons d'adobe et des boutiques de part et d'autre, quelques enclos enfermant diverses sortes d'élevages (cochons, chèvres, poulets, le plus souvent), ainsi que plusieurs emplacements de mortiers et une mitrailleuse calibre 30, nichée dans le clocher de l'église, peu fréquentée. J'arrivai la nuit ; le vieux diesel du générateur électrique de la ville était en rade et les rues faiblement éclairées par quelques lampes à pétrole et un feu de joie devant le bar d'Enrique, l'Astoria del Waldorfo, le saloon Bandito en ville. Je descendis de Raoul et entrai chez Enrique, prêt à entamer sérieusement ma Tâche Sub-Atomique. Malencontreusement la soirée ne se déroula pas exactement comme je l'avais envisagée.

Dans le saloon, les lampes à pétrole en équilibre instable étaient parfaitement allumées, de même qu'étaient bien allumés les Banditos qui faisaient cercle autour. Je n'avais pas vu la plupart des gars depuis leur retour de l'assaut de la Bibliothèque de l'Université de Baranquilla, aussi High Pockets et moi-même reçûmes un formidable Bienvenu Bandito, en d'autres termes, des coups de feu (à travers la toiture).

Avant de pouvoir commander une boisson au bar, je fus dans l'obligation d'avaler une pinte de mescal fait maison (une règle de la maison).

Une chaotique partie de billard était en cours. José ivre, gueulait et brandissait une queue de billard cassée. Il pourchassait un de ses hommes autour de la table, vociférant des Menaces Banditos tandis que ses cohortes saoules hurlaient leurs encouragements et prenaient les paris. Et comme le Chahut Bandito rend nerveux High Pockets, de sa démarche ondulante gagna un coin inoccupé et s'y coucha.

José balança ce qui restait de sa queue de billard, à vue de nez en direction du bar, sortit son 45, tira et fit un trou dans la table de billard ; et ayant apparemment oublié pour quelle raison il emmerdait l'autre Bandito, il l'embrassa en riant de façon hystérique.

Tous deux roulèrent sur une table, emmerdant d'autres Banditos qui jouaient aux dominos, ce qui provoqua une Réaction en chaîne Bandito — où tous s'emmerdaient. High Pockets et moi-même la sentant venir, nous nous tirâmes en vitesse. Une Bagarre Bandito est un spectacle terrifiant si l'on n'a pas le sens de la destruction aveugle [1].

N'importe comment, comme dans toute réaction en chaîne, la Bagarre Bandito s'éteignit doucement. Les bruits d'écrasement et de grognement à l'intérieur de l'Astoria del Waldorfo s'apaisèrent tout autant que la fréquence et la vélocité des apparitions de Banditos Volants.

1. Le Comportement Bandito — la Bagarre Bandito en particulier — sous bien des aspects est très semblable à la Réalité Sub-Atomique. Par exemple, dans la majorité des situations expérimentales, l'on ne voit jamais dans son présent le mécanisme des événements qui conduit au résultat expérimental (nous pouvons voir des traces que tel électron fait ceci ou cela, mais jamais « voir » l'électron dans son présent, ni ce qu'il fait en vue d'une fin). Depuis notre position hors du bar en tant qu'observateurs, High Pockets et moi-même ne pouvions pas voir l'hasardeux chaos à l'intérieur du bar (disons que les Banditos représentent des électrons excités), mais nous pouvions voir le résultat du chaos : toutes les poignées de secondes un Bandito volait par la fenêtre ou par la porte (chaque Bandito volant représente un électron impressionnant une plaque photo-sensible ou tout autre instrument de mesure).

Et même, José apparut. Campé sur le perron, un litre de mescal dans une main, son sombrero en lambeaux dans l'autre. Jamais il ne m'avait été donné de le voir si ivre et si échevelé. Il enfila une longue rasade de mescal, jeta dans la rue son sombrero en miettes et hurla à l'adresse de High Pockets et de moi-même, nous conviant à venir boire un verre.

Zigzaguant, nous reprîmes le chemin du bar, évitant dans la mesure du possible de marcher sur les Banditos inconscients ou semi-inconscients, et entrâmes. José nous suivant, appelant Enrique où qu'il fût, à sortir du trou où il se terrait. L'homme sortit prudemment de sous le bar. Inutile de dire que son commerce était un foutoir.

José m'offrit le seul tabouret de bar intact, et nous offrit à nous deux une tournée aux frais de la maison, plus un plat de riz, de haricots sauce piquante pour High Pockets.

Je lui rapportai alors qu'il me fallait l'entretenir, lui et ses hommes, d'un sujet primordial.

Il descendit ce qui restait de son mescal et s'inquiéta de savoir ce que pouvait être ce sujet d'entretien.

Quand je répondis qu'il incluait la Nature Sous-Jacente de la Réalité et en quoi cela était lié aux querelles de famille qui l'opposaient au Bandito Pleine Charge de l'autre côté de la montagne, il fit « Ahh », acquiesça doctement et présenta ses excuses. En trébuchant, il regagna le seuil, déchargea longuement son 45 — tout en hurlant à pleins poumons à ses Banditos à portée de voix, de ramener leurs culs chez Enrique et son Astoria del Waldorfo.

En quelques minutes, le saloon fut plein à craquer de

Banditos. Hébétés, certains saignant des coups reçus dans la bagarre.

Pour rendre accessible la Théorie des Quanta à une assemblée ou tout comme de Banditos Fêlés, je savais qu'il me fallait poser quelques bases. Je réunis José et ses hommes autour de la table de billard[1].

Je rassemblais les boules de billard en triangle et entrepris ma conférence sur la Classique Physique Newtonienne. Vieille Physique qui a conduit les scientifiques à cette conclusion erronée que l'univers est un lieu prévisible et ordonné. J'allais, bien sûr, me servir de la table de billard, y faire se caramboler les boules dans une métaphore de la cause à effet selon le point de vue de Newton.

J'expliquai que selon Newton tout phénomène naturel est prévisible en soi si nous disposons de suffisamment d'informations concernant la masse, l'instant, la direction du mouvement, etc. En guise de démonstration, je plaçai la boule blanche en face des autres boules serrées en triangle et, avant de pointer mon coup, expliquai ce qu'il en est des angles d'incidences, de rappels, et comment, selon la vieille Physique en sachant ce qu'il faut de la force de mon coup de queue, il est possible de prévoir où finira chaque boule, compte tenu de sa friction sur le tapis et de la résistance de l'air qui la freinent.

Ma démonstration ne se déroula pas exactement ainsi que je l'avais prévue. Je mis un peu trop d'effet dans

1. A ce propos, j'ai fait une étude comme ça en passant des Tables de Billard Banditos. Toutes ont une chose en commun : peu importe où vous placez la boule, elle finira sa course dans la poche de coin la plus proche du bar.

mon coup, provoquant un éclatement du paquet de boules et leur envol à travers la pièce.

La blanche décrivit une trajectoire parabolique qui connut sa chute sur le front de José. Suivant les lois propres à la phase et à la réflexion, la course errante du coup, après avoir ricoché sur le crâne de José, heurta un mur, puis cassa une bouteille de mescal qu'un Bandito tenait levée à hauteur de bouche, puis brisa une lampe à pétrole, provoquant une légère explosion derrière le bar.

High Pockets paniqua et s'enfuit dehors.

Enrique paniqua et jeta une assiette de haricots noirs sur l'incendie.

Le gang de José éclata d'un rire rugissant.

José quant à lui, bascula en arrière, sur le sol, sonné pour le compte.

Momentanément je ne trouvais plus mes mots. J'examinai José. Vraiment je l'avais sonné : une grosseur de la taille d'une balle de golf fleurissait déjà sur son front, et à l'évidence était sur le point d'exploser.

— Vous voyez ! m'écriai-je par-dessus les rires. Je viens de marquer le point. Jamais Newton n'aurai su prévoir cela ! Un événement hasardeux[1].

Je tirai de ma poche un crayon gras et griffonnai en lettres énormes sur le mur EH.

— EH. Evénement Hasardeux !

Puis je posai le signal égal (=).

— Egale BI. Bandito Inconscient !

Je soulignai l'équation : EH = BI.

Je sifflai une rasade de mescal, et repris :

1. Le lecteur astucieux a évidemment compris que sur ce point je me livrais à une totale improvisation.

— C'est sur cette équation que se fonde la Théorie des Quanta [1].

Je pris la direction de la porte.

— Je poursuivrai la conférence une autre fois.

Sur quoi, je récupérai High Pockets, et allai planquer nos fesses dans ma cabane. Je n'avais aucune idée de ce que serait l'humeur de José lorsqu'il reviendrait à lui, et même désirai le savoir le moins possible.

Sur le chemin du retour, je décidai de reconsidérer mon projet d'interdire de nouvelles violences entre le gang de José et son rival de l'autre côté de la montagne.

José se présenta devant la cabane le lendemain. Vrai, comme je vous le dis, la protubérance sur son front avait pris la taille d'une balle de tennis.

Heureusement pour moi, mon coup de queue à course errante n'avait fait subir à José qu'un léger ébranlement et qu'une forme bénigne d'Amnésie Bandito. Il ne se souvenait de rien quant à ma conférence avortée sur la Physique Newtonienne, pas même d'avoir été sonné pour le compte par le vol de la blanche. Son équipe, Dieu la bénisse, avait eu assez de compassion pour moi, et de considération pour l'amitié qui nous unissait, pour ne souffler mot.

N'importe comment, dans la nuit, j'avais élaboré un plan afin d'imposer la paix à la Dispute Bandito.

Après force palabres et marchandages, José et son

1. Autre extrait du Journal de Marche dans le Temps (JMT). Je vous contacte à nouveau depuis le Futur, et une fois de plus ça ne vous regarde pas de savoir à quel point je suis avancé dans ce Futur. Mon message tient en ceci : De récentes expériences (vous en entendrez parler de-ci, de-là), m'ont amené à la conclusion que mon équation improvisée EH = BI peut actuellement être, du moins de façon symbolique, exacte en matière d'argent.

Rival Bandito Pleine Charge tombèrent d'accord pour suivre mon plan.

Je proposais que les deux gangs s'affrontent dans une compétition sportive, celui qui en sortirait vainqueur recevrait le titre de Meilleurs Banditos. Je choisissais le Base-Ball puisque le contact physique y est limité et ne servirait probablement pas de détonateur au Tempérament Bandito Explosif — qui peut être mortel.

Malheureusement la partie ne se déroula pas exactement comme je l'avais prévue.

Miraculeusement, personne ne fut tué, mais plusieurs Banditos des deux équipes furent blessés et souffrirent d'ébranlements légers[1], lorsque, en tant qu'arbitre, j'intervins inconsidérément durant la mise en jeu, expulsant le batteur qui m'avait cogné avec la batte — et ce quand bien même il faisait partie de l'équipe de José.

La vraie nouvelle, la grande nouvelle n'a pour autant rien à voir avec la partie de Base-Ball Bandito. Elle est arrivée hier et mon rythme cardiaque depuis n'a toujours pas retrouvé ses pulsations normales.

Vous êtes prêts ? Parfait. La voilà. J'ai eu des nouvelles du père de Tina.

Là-dessus, je suggère que le lecteur reprenne son souffle afin qu'il puisse se pénétrer de toutes les implications de cela.

A présent, il m'apparaît évident, bien que ce soupçon m'ait toujours accompagné, que ma Vie de quelque Etrange façon Sub-Atomique est liée à celle du père de

1. Si le lecteur considère comme une coïncidence que José et moi-même, chacun de notre côté, avons eu à souffrir d'ébranlements légers en l'intervalle de quelques jours, la ou le lecteur à l'évidence a raté quelque chose en cours de route..

Tina. Mais dans mon état d'absolue sérénité spirituelle, je n'ai pas approfondi la question. Dans l'univers trivial du Jeu de Base-Ball Bandito, je siffle des décisions, mais lorsqu'il est question de la Grande Enigme, quand le Cosmique Bandito se transforme de mieux en mieux en Révélation Cuisinée Maison, qui suis-je pour décider ou juger.

Dans ma première lettre au père de Tina, je lui avais demandé de me contacter en tant que Mr. Quark par le biais des annonces du *International Tribune,* Quark étant la Particule Sub-Atomique la plus insaisissable (la plus illusoire ?). Subséquemment, comme vous devez vous en souvenir, j'avais obtenu que les Potes Banditos de José postent à son adresse ces messages cryptiques (sans oublier Tom, Gary et Tina), depuis les différentes Places Fortes Banditos afin de voir s'il comprendrait ma référence à différentes interprétations du Monde selon la Mécanique Quantique. La réponse du père de Tina fut plus lumineuse que tout ce que j'avais pu espérer. Voici ce qu'il disait dans l'annonce : « Mr. Quark. S'il vous plaît, laissez-nous tranquilles, moi et ma famille. »

Les Quarks sont des particules extraordinairement insaisissables dotées d'étranges caractéristiques.

(Gary Joukov)

10

IL N'Y A PAS DE PLUIE SANS NUAGE[1]

Différentes agences fédérales se chamaillaient entre elles. Chacune voulant être la première à nous interroger, Flash et moi-même. A High Pockets et Aileron, il leur avait été donné une cellule à part. J'étais presque certain qu'une sorte de Détective Canin aurait à s'occuper d'eux.

Flash fut à deux doigts d'être étranglé par sa propre queue de cheval que serrait un Agent Fédéral de l'Aviation. Visiblement celui-ci le pourchassait depuis des années. Evidemment, aux yeux des contrôleurs aériens, l'infâme B 29 de Flash était légendaire. Il avait provoqué quelques dépressions nerveuses et il a été dit que c'était un sujet de discorde lorsque les contrôleurs aériens voulurent faire grève en 1981.

Moi-même, il m'était déjà arrivé de me retrouver dans le colimateur des Fédéraux, ça n'avait donc rien de neuf. Toutes les agences dont j'ai toujours entendu parler (et quelques-unes qui m'étaient moins connues), détenaient des dossiers concernant votre « Franchement Vôtre ». J'étais des plus incompris.

1. Une des expressions favorites de Flash.

José, Robert et Jim firent leur apparition après avoir usurpé la qualité de journaliste. Gravement éméchés, leurs façons de faire n'étaient pas vraiment convaincantes, particulièrement chez José. Il ne parlait pas anglais et était toujours vêtu de sa Tenue Bandito, y compris sombrero et cartouchières croisées sur la poitrine (techniquement parlant, à l'époque José était encore un Seigneur de la Dope Pleine Charge, qui n'avait pas renoncé à un *comportement* Bandito des plus terre à terre).

On nous avait emmenés dans une très petite prison d'une très petite ville. Les détails de notre évasion ne sont que de peu d'importance.

Il suffit de dire que Tequila et Grenades à main de Robert composaient le cocktail.

Nous avons trouvé Harry et le Lear qui nous attendaient à l'aéroport local, nous avons dégonflé les pneus de l'escadrille d'avions militaires, fédéraux, de l'Etat, du Comté atterris là après notre arrestation, et nous nous sommes débinés à New York. Notre camion de location était déjà parti (nous avions engagé pour le conduire un des potes de Flash), nous le retrouverions au quai de déchargement d'un entrepôt de Brooklyn.

Nous sommes tombés sur notre client à sa place habituelle devant une table de Black jack dans une boîte de nuit de l'Upper East Side. Captain PL (Payable à la Livraison), le deuxième plus grave déséquilibré que je compte parmi mes associés, mais il est loin de me rendre aussi nerveux que ne sait le faire Flash.

Au moins, il a ça pour lui, il ne voyage jamais à toute allure à bord d'un moyen de locomotion déglingué — à moins que vous ne considériez son cerveau comme un moyen de locomotion déglingué.

Captain PL est un bon gars de la vieille Géorgie avec un épais accent de bouseux et une énorme bedaine. Ses exploits dans le commerce de la marijuana sont légendaires, et il dispose de ce qu'on ne peut que qualifier de stupéfiantes connexions. Ses partenaires couvrent toute la gamme depuis le Seigneur de la Dope Colombien, à d'ex-agents Cubains de la CIA, en passant par les grosses huiles de la CIA modèle courant, jusqu'à l'arnaqueur demi-sel des rues, etc. Tout le monde aime Captain.

En tout cas, comme nous ne l'avions pas vu depuis un bon bout de temps, nos retrouvailles se transformèrent en superproduction.

Le détail de cette superproduction importe peu, il suffit de savoir qu'elle comptait un camion bourré de marijuana, quatre limousines, deux hélicoptères, notre oiseau Lear, trois grosses livraisons d'alcool à domicile, des suites au Sherry Netherlands à New York, au Queen Elyzabeth à Montréal, et une corne d'abondance de Fêlés, Dégénérés Pleine Charge, Minabloïdes, pour ne pas parler de Captain PL, de la Comédie Humaine de l'Enfer, de Flash, Aileron, High Pockets et de votre « Franchement Vôtre ».

La véritable histoire de la Mécanique Quantique est une vérité beaucoup plus inventée que toute fiction.

(John Gribbin)

11

BANDITOS QUANTIQUE

La Théorie de la Relativité est matière à rire comparée à la Mécanique Quantique et à la Théorie des Particules Sub-Atomiques en général. Je le mentionnai au père de Tina dans la dernière volée de Lettres Postées Banditos. Mais il demeura curieusement silencieux. Je prie et j'espère pour que ce soit là comme une sorte de réponse Zen à l'Ordre National des Choses. La seule autre explication est (comme dans le cas des Quarks), qu'il soit devenu sceptique quant à mon existence actuelle ou quant à un aspect de la bonne foi de la réalité.

Je crois vital, arrivé à ce point, de révéler que je crois aux Quarks. Pour les quelques rares parmi vous qui n'ont pas déjà entamé des recherches de leurs côtés, je vais donner du Quark une brève définition de profane. Un Quark est, de nos jours, celui qui peut le plus postuler à l'Ultime Participation dans l'Edification de l'Univers.

Personne n'a encore découvert un Quark, mais beaucoup cherchent. Les scientifiques qui doutent de l'existence des Quarks sont, à mes yeux, extrêmement myopes. Comme preuve de tout ceci, lançons-nous dans ce qu'Einstein appelle « l'expérimentation de la pensée ». Expérimentation dont les prémisses sont scientifiques et logiques mais qui, pour des raisons techniques, ne peut être vérifiée par la Physique (le fameux « ascenseur pour le vide » d'Einstein est un bon exemple). Puisque l'expérience qui va suivre est par nature fondamentalement « conceptuelle », je la surnommerai « expérimentation métaphorique de la pensée ». (A ce propos, j'ai déjà tenté cette expérience avec José et les résultats ont été conformes à mes prévisions.) La voici :

Le père de Tina ne m'a jamais vu (métaphoriquement je suis un Quark). La seule preuve dont il dispose pour confirmer mon existence est, bien sûr, les mots que j'ai écrits et qui furent postés par José et ses Banditos Alliés disséminés. Comme je l'ai déjà indiqué, le père de Tina, compte tenu de sa position d'observateur, doit être certain que je me trouve en même temps dans différentes Places Fortes Banditos. Ceci est une possibilité. (Les Quarks semblent avoir également cette propriété.) Mais cette possibilité doit être inacceptable aux yeux du père de Tina du fait de sa Vision du Monde limitée. La seule autre possibilité qui lui est offerte est de nier entièrement mon existence (comme il semble l'avoir fait pour les Quarks). S'il choisit la dernière de ces deux possibilités, alors il lui faudra soit ignorer mes lettres ou bien leur trouver une quelconque autre explication[1].

Le père de Tina, je le crains, ignore la preuve de

1. Pour les besoins de l'expérimentation nous devons accepter qu'il n'y a pas d'autres Banditos Cosmiques en dehors d'ici qui coopéreraient avec un Quark pervers.

l'existence des Quarks et de l'existence de « Franchement Vôtre ». Mais nous (vous, gentil lecteur et moi-même), détenons par devant nous plus d'informations que le père de Tina.

Nous savons que j'existe. Je sais que les Quarks existent. Un jour quelqu'un découvrira un Quark. Il est peu probable que le père de Tina ne me trouve jamais. Par conséquent, mon devoir, mon but dans la vie est de trouver le père de Tina[1] et de le mettre en face de tout ceci.

Vous ne pouvez arriver ici en partant de là.

(Stephen Hawking quand il lui a été demandé à quoi pouvait ressembler une rencontre avec un trou noir.)

1. Je suis également curieux de voir comment s'y prennent Tina, Gary et Tom. (Pour une quelconque raison, la mère de Tina ou sa sœur Ruth ne m'ont jamais intéressé.)

12

POTAGE AUX QUARKS[1]

Un caractère Quarkeux est de ceux, pour ce que j'en sais, qui va un peu au-delà du « revenant ». Le mot « revenant » s'applique à quelqu'un mêlé à des activités clandestines.

Certains revenants sont des espions pour le compte d'un gouvernement ou d'un autre, ou de plusieurs simultanément. Certains s'occupent de drogues, d'armes ou, comme c'est ordinairement le cas, au bout du compte, d'une combinaison des deux. Mais le vrai caractère Quarkeux (j'ose ici m'exprimer ainsi), est plus difficile à définir et, pour cette raison, à repérer. Car Particules Sub-Atomiques et Opérateurs Clandestins ont beaucoup en commun. Il (ou elle, quoique je n'ai connu qu'un seul Quarkeux femelle), non seule-

1. Potage aux Quarks, expression dont se servent certains cosmologues pour décrire l'état de l'Univers dans les quelques milliardièmes de secondes qui suivirent le Big Bang. Une situation (j'hésite à employer le mot « temps » parce qu'il n'est pas évident que le temps tel que nous le connaissons ait « commencé » alors), où l'Univers était si renfermé qu'il n'y avait pas de chambre pour les Particules Sub-Atomiques telles que nous les connaissons. Le Menu Cosmique du jour était donc le Consommé de Quarks.

ment se trouve des deux côtés de la barrière, il n'a aussi absolument aucune idée de ce qu'est une barrière.

George (c'est tout ce que nous n'ayons jamais su de lui) était un de ceux-là. Parmi ses divers amis proches et associés, l'on comptait Bobby Vesco, Richard Nixon, le Colonel Kadhafi, Golda Meir, Papa Doc Duvalier, J. Edgar Hoover, Idi Amin Dada, plus de nombreux amoureux de la farce issus de diverses organisations criminelles de divers pays. Et, naturellement, Captain PL.

George parlait posément, s'habillait bien, conservateur d'apparence. Il y avait cependant une lueur étrange dans son œil, une lueur qui donnait la tremblote même à Robert.

Après que Captain PL eut craché 890 000 dollars à la livraison de notre colombienne dans Manhattan, José nous parla (à présent Flash et Aileron nous collaient), de rendre une visite à George de façon à se procurer l'équipement de son Armée Bandito en Colombie. Dans la course aux Armements des Seigneurs de la Dope, José sentait qu'il perdait la partie.

Robert, Jim et moi-même avions rencontré George par le biais d'un certain opérateur de la CIA qui, récemment, s'est porté à l'attention des médias après son léger faux-bas de trafiquant d'armes au Moyen-Orient. Nous avions également été en contact avec George à Fort Landerdale lorsqu'il était associé à Kenny Burnstine (de son vrai nom, que Dieu protège son âme), légendaire plaque tournante de la Marijuana Air Force [1].

1. A ce propos, il m'apparaît que tout opérateur clandestin en opération dans l'Univers Connu connaît tous les autres opérateurs clandestins, sans tenir compte de sa fonction dans le « Fantômati-

Robert, Jim et moi-même avons toujours désapprouvé les trafiquants d'armes ou de drogues sans vergogne. Nous-mêmes usons bien sûr d'armes, de drogues, mais ça, ça nous regarde. George n'était pas comme nous. A ses yeux, le monde est un gigantesque Trivial Pursuit où toutes les réponses sont bonnes.

George n'était pas seulement Quarkeux, c'était devenu un vrai monstre. Il était en train de dîner en compagnie d'un agent du KGB quand nous l'avons trouvé dans un restaurant snob de Manhattan sans pour autant avoir de notre côté la moindre idée de ce qui se tramait.

Par une malchance, l'équipe de surveillance de la CIA de l'autre côté de la rue, en train de tirer notre portrait, s'imagina qu'on avait je ne sais quoi à voir avec la cuisine que mijotaient George et son Bolchevique. Auprès des autorités, ça ne devait pas beaucoup arranger notre image de marque déjà bien ternie.

George savait qu'il se trouvait sous haute surveillance et j'ai le sentiment qu'il a manqué de savoir-vivre en omettant de nous le signaler.

La merde fut à son comble plus tard cette nuit-là à Soho, dans l'entrepôt de George. Nous avions accompagné José dans son tour d'inspection de la marchandise de George.

Même José fut impressionné par la terrifiante puissance de feu qu'avaient déployée les Feds à notre poursuite. Mais George avait prévu de parer à toutes

que ». Les relations entre fantômes tournent fréquemment au casse-tête et s'achèvent bizarrement. Dans quel camp est le revenant finit par être un concept risible. Ainsi Kenny Burnstine vendait des armes à l'agence anti-drogue alors que dans le même temps cette agence le poursuivait pour ses folles combines portant sur la marijuana.

les éventualités. Nous nous sommes sauvés par sa sortie de secours en passant par un trou de souris donnant sur Houston Street.

A présent notre groupe figurait en tête de liste des recherchés de toutes les administrations de merde. Contrebande de drogue, incitation à l'émeute, tentative de meurtre (le fiasco du drive-in), entrée illégale sur le territoire américain, agression sur la personne d'agents fédéraux (High Pockets avait emporté un morceau de jambe d'un quelconque type), auteur de la dégradation, de l'explosion d'une prison, vols non autorisés et dangereux de B 29, ne furent que quelques-unes des charges. Comme je l'ai dit, nous étions de sérieux incompris.

Nous sentions que nous avions déçu la bienvenue que nous réservait New York, il nous resta alors plus qu'à retrouver le Lear dans un aérodrome de banlieue et à mettre cap au sud.

En terminologie moderne, nous pouvons dire à présent que les Quarks aux six parfums sont sur le marché.

(James S. Trefil)

13

BANDITOS COSMIQUES

José finalement a vu la lumière. Je lui imposai de passer une longue semaine sabattique loin de ses Activités Banditos. Notre baraque servait de cloître. J'étais le vieux maître. Après s'être complètement pénétré de ma Vision du Monde, José est devenu un autre homme. Au travers de la Méditation, de la Théorie des Particules Sub-Atomiques, de la tequila subrepticement corsée de Fleur de peyolt épanouie, il saisit à présent toute la folie de ses Manières Banditos.

J'ai progressivement conduit José sur le Chemin de l'Illumination. Je l'ai accompagné dans le Monde Quantique en commençant par le commencement, son braquage de la famille de Tina. Au préalable je posai une question. Voici en quoi elle consistait : si nous étions à même de remonter le temps jusqu'au Big Bang, quelles seraient alors les chances pour que dix à quinze milliards d'années plus tard, José se retrouve à Santa Marta International en train de braquer une nymphomane pubère et sa famille ? Naturellement José en fut ahuri. Je lui suggérai alors qu'un Bookmaker Cosmic nous aurait accordé un pari à forte cote, probablement un infini contre un. Là le regard de José s'alluma. Il me demanda combien nous avions parié. Ce qui m'obligea à lui expliquer que l'importance de la mise était sans intérêt puisque un infini de fois n'importe quoi est égal à un nombre infini. Ceci jetait à nouveau José dans les transes. Il fallut deux bouteilles supplémentaires de tequila corsée de fleur de peyolt épanouie pour le ramener sur terre. User de métaphores pour s'expliquer devant un Bandito peut être risqué.

Bref, j'en vins à poser pour postulat que la probabilité de voir un Univers tel que le nôtre[1] puisse s'actualiser, en donnant avec facilité la possibilité à un nombre infini d'Univers Alternatifs d'exister à leur tour, était voisine de zéro. Je fis alors la Grande Allusion : d'une certaine façon, cet univers n'a pas plus d' « existence » que le nombre infini d'Univers Alternatifs (ainsi qu'il nous apparaît), n'eurent d'actualisation.

Je donnai le vertige à José en lui suggérant qu'il était possible qu'en plus du Rival Bandito de l'autre côté de la montagne, il puisse également compter des Ennemis Banditos dans un nombre infini d'Univers Différents.

L'astucieux lecteur a saisi évidemment que j'allais jusqu'au bout de moi-même en creusant à partir de rien les Différents Mondes selon l'Interprétation de la Mécanique Quantique, mon José est un auditeur difficile, il me fallait donc retenir son attention avant que son esprit ne vagabonde ou que les drogues ne le rendent raide.

Quoiqu'il en soit la possibilité pour un nombre infini

1. Un univers comprenant des Bananes, des Banditos, des Contrabandistas et des Seigneurs de la Dope.

de Banditos Pleine Charge commettant des ravages dans un nombre infini d'Univers Alternatifs faisait monter chez José le taux d'adrénaline. Il posa sa mitraillette Thompson sur la table, pivota sur lui-même afin de couvrir la porte, juste au cas où des Banditos Alternatifs décideraient de s'actualiser dans notre Univers et de balayer notre cabane.

Ainsi s'acheva plus ou moins le Premier Jour, High Pockets et moi-même quittant la cabane, laissant José garder la porte contre une attaque par surprise de Banditos Cosmiques.

Le Deuxième Jour fut consacré à la révision du Premier Jour.

Le Troisième Jour à la Théorie de la Relativité.

Le Quatrième Jour au Principe d'Incertitude d'Heisenberg et à la Dualité Ether-Particule.

Le Cinquième Jour à un survol de travaux de Lorrenz, Dirac, Planck, Bohr et Schrödinger.

Le Sixième Jour, essentiellement consacré à la méditation et à différentes formes de stupeur.

Le Septième Jour se levait clair et net. High Pockets et moi-même, tôt levés, préparions un copieux petit déjeuner. Legs était nulle part en vue — un coup de veine car nous étions mercredi. José avait passé la nuit au milieu de la cour dans la position du Lotus. Il s'y trouvait toujours, bombardé de Particules Sub-Atomiques, sombrero baissé sur ses yeux, la Thompson à ses côtés.

Le Septième Jour était le grand jour, le jour, ainsi l'avais-je promis à José, où je lâcherais la Bombe Quantique. Le Septième Jour je dévoilerais l'âme de la Théorie des Quanta. Je décrirais un phénomène qu'il est absolument impossible de décrire par une méthode classique ou bonsenscourantique, ce phénomène qui est la Particularité Fondamentale de toute la Mécanique Quantique : l'Expérience de la Double Fente [1].

L'Expérience de la Double Fente était le *coup de grâce,* dans la mesure où ça concernait José. Vers la fin du Septième Jour, José était devenu un Bandito Quantique et, par voie de conséquence, n'eut plus longtemps à souffrir de la Paranoïa d'un Bandito Alternatif.

N'importe comment, je demandai à High Pockets de ramener José à lui-même et de le rapporter à l'intérieur. Tous trois, nous sommes empiffrés d'œufs, de cervelles de chèvres, de riz, de mescal puis, après avoir desservi la table, j'invitai José à s'asseoir en face de moi.

Nous demeurâmes tranquillement assis quelques minutes, à veiller sur notre système digestif. High Pockets, étendu de tout son long sur le lit, se livrait censément à la même activité. Puis je demandai à José de se défaire de son sombrero et d'imaginer une brigade de Banditos Cosmiques attaquant une garnison à la vitesse de la lumière. D'imaginer ensuite, lui dis-je, qu'il n'y avait qu'une seule voie d'accès pour pénétrer dans cette garnison et qu'un seul Bandito à la fois pouvait l'emprunter. Je rappelai à José que tous les Banditos Cosmiques (Photons ou Particules Sub-Atomiques de façon métaphorique), sont identiques. Il n'y a pas moyen de les départager. Ainsi les Banditos

1. Ceux parmi les lecteurs qui sont facilement désorientés ou qui souffrent d'Agoraphobie Cérébrale, je leur propose de sauter ce passage.

Cosmiques ont-ils les propriétés des « vagues », tout comme les particules.

Je marquai une pause afin d'allumer un joint. José but une rasade de mescal, fit « Ahh ». J'exhalai contemplatif, lui passai le joint, et poursuivis :

— Bon, tandis que les Banditos Cosmiques se déversent dans la garnison en passant par l'ouverture, disons que quelque 60 % prennent la direction du Quartier Général du Generalissimo afin de le priver de son Titre Cosmique — les 40 % restants se dirigeant vers la prison pour y libérer les Banditos Cosmiques capturés lors de précédents assauts.

Arrivé à ce point, José m'interrompit avec quelques critiques mal venues sur la tactique de l'assaut en lui-même. J'acquiesçai avant de lui rappeler que les Banditos Cosmiques sont d'authentiques Entités Sub-Atomiques et qu'on ne peut pas attendre d'elles qu'elles partagent son point de vue sur la guerre insurrectionnelle.

Le tact, c'est toute l'affaire lorsqu'il s'agit d'expliquer à un Bandito qu'il pense avec ses fesses.

Je repris mon baratin.

— Comme je te l'ai déjà expliqué, en principe il est impossible de prédire le comportement de tout Bandito Cosmique pris séparément. Statistiquement, nous pouvons seulement annoncer ce qu'ils feront en tant que gang. C'est là que les choses deviennent très curieuses.

Je baissai le regard. La tête de Legs pointait hors de son trou favori. Il regardait avec malveillance High Pockets qui, semblait-il, sortait de sa torpeur.

— Disons pour les besoins de la conversation que les premiers 60 % de nos attaquants aient assailli le quartier général du Generalissimo. Souviens-toi que nous avons déjà établi qu'*en tout* 60 % doivent y participer. L'impossible à présent se produit. Tout ce qui reste de Banditos Cosmiques se dirigent automatiquement vers la prison. Je bus une gorgée de mescal et reposai la bouteille sur la table avec fracas afin de souligner l'emphase.

— Pense à ça.

José grattait sa barbe de trois jours, approuvait doctement. Ses yeux un instant brillèrent, puis se voilèrent. Il gagnait du temps en jouant avec son sombrero.

Puis il admit qu'il était abasourdi et me demanda comment les 40 % restants savaient que leur mission était d'attaquer la prison.

J'étais très satisfait de sa question. José faisait la coupure. Je balançai la métaphore.

— Maintenant, tu tiens le nœud du problème.

Je m'excitais tellement qu'il me fallut, pour calmer mes nerfs, boire deux tournées supplémentaires de mescal.

— Il est clair que toute Unité Sub-Atomique donnée *sait l'Etat Quantique* de chacun et de toutes les autres Unités Sub-Atomiques de son système.

José enchaîna avec le plus long « Ahhhhh... » que j'eus jamais entendu.

— On ne peut échapper à la conclusion qu'il nous faut en tirer. Les habitants de la Réalité Sub-Atomique *élaborent leur information* et s'y conforment instantanément.

José se leva et se mit à faire les cent pas.

— E. H. Walkerd a posé pour postulat que les Particules Sub-Atomiques sont, en un certain sens, des *Entités conscientes* !

J'en vins alors à décrire ce qui se produisait lorsqu'on comptait deux voies d'accès en vue de pénétrer la garnison (d'où le nom d'Expérience de la Double Fente). Deux Fentes obligent les Unités Sub-Atomiques à l' « interface » avec chacune d'entre elles du fait de leurs propriétés genre « vagues ». La stupéfiante conséquence de cet aspect de l'expérience[1] est que, tandis que les Unités Sub-Atomiques entrent par une fente ou par l'autre, elles *savent* si oui ou non l'autre fente est ouverte, indépendamment de savoir si elle est utilisée par d'autres unités. Autrement dit, non seulement savent-elles ce qu'accomplit chacune d'entre elles, mais elles connaissent également la totalité du dispositif de l'expérimentation ! La vraie bombe, non que celles-ci ne comptent pour rien, est que ces petites salopes semblent savoir sur-le-champ à quel moment elles sont observées et modifient leurs comportements de façon nécessaire (et par hasard). Les Particules Sub-Atomiques semblent servir de Doigt Cosmique à l'Univers.

— Allez vous faire mettre ailleurs, paraissent-elles dire. Occupez-vous de vos affaires.

Là-dessus High Pockets poussa un glapissement. Je lançai un coup d'œil sur le lit. Legs le tenait par le nez et s'était enroulé autour de son cou. High Pockets hurlait tel un possédé et secouait la tête, mais à l'évidence Legs

1. J'ai passé toute la journée à expliquer l'Expérience de la Double Fente à José, et je n'ai pas l'intention de recommencer avec vous. Si vous voulez en savoir davantage sur l'Expérience de la Double Fente ou sur n'importe quoi d'autre ayant rapport avec la Nouvelle Physique, je suis sûr que vous disposerez plus facilement qu'il ne m'en fût donné, du temps nécessaire au rassemblement de la documentation.

avait pensé à la perfection son attaque serpentine. High Pockets ne pouvait absolument pas y résister.

— Putain de mercredi, grommelai-je alors que j'essayai de coincer High Pockets qui à présent, jappant, gémissant, titubait en crabe en direction de la porte. Legs enfonça plus profondément ses petites dents dans le nez et enserra davantage de son bout de queue l'oreille de High Pockets, afin de raffermir sa prise.

Je luttai avec High Pockets, le fis tomber par terre, l'y tins cloué, je me saisis ensuite de Legs, juste derrière la tête, et le priai de laisser tranquille le nez de High Pockets d'où, par des douzaines de petits trous, s'écoulait le sang. Je débarrassai la nuque de High Pockets de l'enroulement de Legs, perdis l'équilibre, fis une culbute, la finissant dans une posture inhabituelle sous la table.

Highs Pockets bondit jusqu'à la porte et s'en fut disparaître dans la jungle, toujours hurlant d'effroi et de douleur. Je regardai Legs.

— Qu'est-ce qui te prend, connard ! rugis-je.

Legs me contemplait de ses petits yeux en boutons de bottines, une expression d'ennui sur son visage. Je le fourrai dans sa planque et lui demandai de ne plus en bouger jusqu'à ce qu'il ait pris conscience de son acte.

Je me relevai, m'époussetai. José faisait toujours ses aller et retour dans la pièce, maugréant en espagnol.

Il m'indiqua de m'asseoir. Ce que je fis. Je me mis à me plaindre du sale comportement de Legs. José me fit taire d'un geste, puis se mit à parler doucement. Il signifia qu'il estimait que les Banditos Cosmiques étaient drôlement semblables aux Banditos de la Vie Réelle.

Jusque-là je n'avais pas beaucoup réfléchi aux métaphores dont je m'étais servi comme appareil pédagogique. Un moment je considérai la proposition de José, puis me livrai à la pratique du « Ah ! Ah ! ».

— La Chimie et, à partir de là, la biochimie, dépendent étroitement de la Théorie des Quanta, méditai-je. Sans doute cette dépendance s'étend-elle davantage (je fis une pause). Peut-être même vaut-elle pour l'ensemble du Monde tel que nous le connaissons. Le Monde des Bananes, Banditos, Contrabanditas et le Seigneur de la Dope.

— *Exactamente,* fit José.

Sans un mot de plus, il quitta lentement la cabane, chevaucha Pépé et disparut dans la jungle.

Jusqu'au vendredi, il fut invisible.

Il m'expliqua qu'il avait pleinement compris ma position à l'égard du père de Tina et insistait pour accompagner High Pockets et moi-même dans notre pèlerinage à Sausalito.

Du fait de nos problèmes avec les autorités (folles qu'elles sont), ça sera un voyage long et dangereux, mais José et moi-même estimons que le destin nous sera favorable. Nous ferons notre route sous couvert des ténèbres, comme il en allait, d'une Place Forte Bandito à la suivante, obtenant aide et secours chez les Alliés Banditos de José. Nous irons vers le nord, à travers l'Amérique Centrale jusqu'au Mexique d'où nous passerons aux Etats-Unis en franchissant en douce la frontière, nous mêlant au premier groupe de travailleurs immigrés que nous pourrons trouver.

Puis au nord, jusqu'à Sausalito, et au père de Tina.

José, Bon Sauvage qu'il est, concocta un concept que je trouve spirituellement-ahurissant par son brillant et sa simplicité. (La véritable Vision du Monde du scientifique est enfantine). Je nomme ce projet le Concept du Bandito Rampant. Voilà en quoi il consiste : le modèle de mes lettres expédiées de Places Fortes Banditos Simultanées passeront à la Théorie de l'Empiètement Bandito. Je suis sûr que le père de Tina a une carte de l'Amérique du Sud et Centrale marquée d'épingles et de dates, chaque épingle indiquant une place Forte Bandito d'où il est apparu que j'adressais une missive. Avec José et moi-même, expédiant des missives de chaque Place Forte Bandito alors que nous remontons vers le nord, il deviendra vite évident aux yeux du père de Tina que nous *rampons vers lui.* A mesure que nous nous approcherons, les missives seront progressivement plus cryptiques et abstraites. Pour connaître sa réaction, nous aurons à l'œil les annonces classées de l'*International Trib*.

Je pense que le père de Tina aura sa petite idée si je commence à me lancer dans des références à la Théorie de la Gravitation. Je suis sûr qu'il comprendra la métaphore.

> *L'attraction mutuelle de deux corps célestes est inversement proportionnelle au carré de la distance qui les sépare.*
>
> (Albert Einstein)

14

LA TERRE SUCE[1]

J'ai toujours soutenu que la meilleure façon de voir New York est de se tenir à l'arrière d'un Learjet surchargé à 46 000 pieds d'altitude.

L'avion était joliment bourré et quelque peu chahuteur dans le fond. Harry, à son habitude, avait amplement pourvu l'appareil de champagne et de toasts exotiques. Le préféré de High Pockets, c'était du foie gras d'oie avec dessus une pleine louche de caviar noir de Russie. Aileron, comme Flash, n'avait pas de préférence en matière culinaire. Le reste d'entre nous, José, Jim, Robert et moi-même, se penchait essentiellement sur le champagne et sur les projets de nos futures actions.

Harry passa une tête à l'entrée de la cabine passagers et s'enquit de la possible destination. Tous hurlèrent leurs propres suggestions, je lui dis donc que nous lui en ferions part après consultation.

Arrivé à ce point, Flash se mit en tête qu'il lui fallait tenir le manche, n'ayant jamais piloté un obus comme

1. Un aspect vital de la Théorie de la Gravitation propre à Flash.

le Learjet. Harry fit : « Pas de problème ». Ce qui s'avéra être une erreur.

Puisque nous ignorions où nous nous rendions, Flash estimait qu'il pouvait se livrer à quelques acrobaties aériennes. Ce qui n'ennuyait personne (à l'arrière nous avions l'habitude de renverser le champagne), mais qui devait avoir d'invisibles répercussions loin en bas, sur terre.

Les Feds (une véritable armée à présent), avaient alerté les contrôleurs aériens de la zone Nord-Est, leur demandant de leur signaler tout appareil au vol capricieux. Tout avion qui semblait voler « sans but » (parfaite description de notre comportement à tous les niveaux — sans but). Les flics finalement avaient retrouvé notre piste. Il était presque toujours possible de nous suivre à la trace car il n'y avait pas de modèles de nos activités criminelles. Puisque *nous* ne savions jamais au juste ce que nous faisions, comment d'autres y auraient-ils réussi[1] ?

L'étrange plan de vol de Flash, l'évidente absence de cohérence mentale de ses demi-cercles et circonvolutions incertains dans la stratosphère, furent immédiatement repérés sur les écrans radar d'au moins six états. Les dés étaient jetés. Les autorités mobilisées. Où que nous irions, ils nous traqueraient. Ce qui est en l'air doit retomber, et quand il en irait ainsi pour nous, ils nous attendraient.

1. Ceci est un bon exemple du Principe d'Incertitude d'Heisenberg, une pierre angulaire de la Théorie des Quanta. Le Principe d'Incertitude pose que l'on peut connaître la masse d'une Particule Sub-Atomique *ou* sa vitesse, mais jamais les deux simultanément. En d'autres termes, une cible mouvante de façon hasardeuse est difficile à toucher.

Je me souviens vaguement du projet que nous concoctions alors que nous tanguions et faisions des boucles au-dessus des états de la côte est.

A l'ordre du jour, en premier lieu, il nous fallait compter les intéressés. Puisque aucun d'entre nous ne résidait en un endroit précis, il nous fallait trouver l'hôte accueillant qui pourrait nous supporter une semaine environ. En bref, un hôte avec un *savoir-vivre.* Quelqu'un qui considère le chaos et la destruction, non seulement comme acceptables, mais comme inévitables. (Mère Nature semble être la première des hôtesses, avec ses Coups Durs Cataclysmiques périodiques.)

Notre liste d'interlocuteurs était plutôt longue, mais nous nous décidâmes pour Eduardo, toujours en exil à Miami. Son état d'ancien Seigneur de la Dope et de cousin de José jouait en sa faveur quant à notre sentiment.

Mon souvenir de ce qui suivit, diverses tentatives prolongées et peu judicieuses, demeure très brumeux. Je crois que quelqu'un suggéra que l'on fasse l'acquisition d'un cargo. Je me souviens vaguement de José faisant allusion à la sœur du *Don Juan* mort et enseveli. J'ai le soupçon de m'être évanoui durant cette conversation car la seule chose dont je me souvienne ensuite est notre atterrissage au Bercail, tout près de Miami.

Il est impossible de se rendre n'importe où sans pécher contre la raison.

(Albert Einstein)

15

BANDITOS ZEN

Le soleil venait de se coucher sur un petit lac non loin de la frontière du Nicaragua. High Pockets, José et moi-même campions sur ses berges orientales en compagnie d'une bande de Banditos d'Extrême Gauche. Pas de feu de camp ce soir, nous pourrions nous faire repérer. Plus tôt dans la journée nous avions aperçu quelques troupes gouvernementales. José et moi-même avions tenté de dialoguer avec ces Banditos Politiquement Tordus comme nous avions pu le faire avec tous les Banditos rencontrés lors de notre voyage.

Dialoguer avec les Banditos est chose ardue, et je ne suis pas l'homme des miracles. Passer un jour ou guère plus avec chaque bande, c'est tout simplement insuffisant, mais José et moi-même faisions de notre mieux comme Missionnaires de la Révélation Bandito. Nous avions acheté autant de livres que pouvait en porter notre petit âne, Pépé, et José avait fait d'immenses progrès dans sa perpétuelle quête de la connaissance. Chaque nuit, une heure ou davantage, nous nous installions par terre pour une étude approfondie. Puisque José ne sait pas lire, je suis son répétiteur. C'est un excellent étudiant, quoique parfois son attention se dissipe, en proie à une nostalgie de son Passé Bandito, me semble-t-il. Mais il maîtrise plus ou moins la Théorie des Particules Sub-Atomiques, et à présent nous approfondissons l'Astrophysique [1].

La Réputation de Bandito de José le précédait partout, de la sorte nous avions toujours droit à un brûlant accueil, mais certains Banditos devenaient maussades lorsque nous tentions de modifier leur Vision du Monde Bandito. Je trouve ces Banditos d'Extrême Gauche particulièrement exaspérants. Ils paraissent toujours de mauvaise humeur (signe incontestable comme quoi dans la philosophie marxiste quelque chose fait défaut). La Majorité Bandito ne s'intéresse pas à la Nouvelle Physique, particulièrement s'ils sont déjantés, nous comptons néanmoins quelques conversions ici ou là. Au Costa Rica pour la plupart où les Banditos sont d'heureux veinards. J'y retournerai un jour et y ouvrirai une Ecole de Physique et de Cosmologie Bandito. Si cette idée prend corps, ça pourrait apporter la paix dans cette région troublée du monde. Quand le Bandito apprend la Nature Sous-

1. L'astucieux lecteur est naturellement prévenu qu'au besoin je fais référence au Réel Macroscomique (Cosmologie, Théorie de la Gravitation, Astrophysique, etc.). La raison en est simple : la distinction entre le Microcosmique et le Macrocosmique est probablement une illusion, la conséquence de la propension de l'esprit humain à classer les phénomènes. José et moi-même pensons tous deux qu'un jour une Théorie du Grand Unifié (TGU) se fera afin d'expliquer tous les événements observables, qu'ils soient Quantiques ou Cosmologiques. Quand bien même cette Unification ne sera jamais achevée (certains scientifiques jugent cela impossible dans son principe même), José et moi-même aimons à nous considérer comme Types Très Ouverts (TTO), aussi menons-nous un effort concerté pour conserver nos Elans sous le Doigt de la Réalité.

Jacente de la Réalité, il met bas les armes. J'en suis convaincu[1].

En fait le plus grand succès que nous ayons connu se produisit au Costa Rica, et fut plus ou moins accidentel. Nous étions tombés sur une Place Forte Bandito que José situait assez mal. Comme un fait exprès, c'était une sorte de Place Forte Bandito Provisoire *ad hoc* qui se réduisait à une douzaine de tentes disséminées le long d'un petit torrent, dans une belle et luxuriante vallée, comprise autrefois dans une plantation de bananes.

Nous progressions le long du torrent, quand José ouvrant la marche avec High Pockets se figea. Je regardai alentour : plusieurs douzaines de Banditos avaient surgi de nulle part et en ordre de bataille nous tenaient sous le feu d'un armement hétéroclite, dont un Bandito en herbe équipé d'un BB fusil.

Alors qu'ils nous escortaient vers leur campement, nous connûmes quelques tensions, d'abord lorsqu'ils s'emparèrent de nos armes, puis lorsqu'ils affublèrent High Pockets d'une muselière bricolée.

Tout finit cependant par rentrer dans l'ordre. Le chef de gang, un Bandito Pleine Charge nommé Fredi, s'avérait avoir un lointain lien de parenté avec José. Ceci une fois posé, nous fûmes traités avec les plus grands respect et courtoisie.

Des Filles au pair Banditos nous donnèrent le bain, nous nourrirent et nous abreuvèrent de mescal à (notre) volonté. Pépé fut également lavé et restauré, et

1. José et moi-même avons d'ores et déjà adopté des allures de pacifistes, mais nous sommes toujours lourdement armés, si besoin en est.

il fut donné à High Pockets de choisir parmi les Chiennes Banditos (tout vrai Bandito aime le chien), qui traînassaient aux alentours du camp[1].

Fredi décréta ouvertes des Vacances dans les Activités Banditos, et fit que ses hommes préparent une fête en notre honneur.

Alors que la nuit tombait, des feux de cuisson et des torches furent allumés, quelques cochons égorgés et passés au gril, des gallons de mescal distribués. Une autre bande de Banditos d'une place forte voisine se présentèrent, prévenus de notre présence par le Bouche à Oreille Bandito.

Pendant ce temps-là, José et moi-même conspirions de notre côté pour définir la tactique à adopter face à cette bande ; de loin la plus importante par le nombre de Banditos qu'elle comptait et que nous ayons eu sous la main depuis que nous nous étions lancés dans notre Quête. José me persuada de le laisser prendre cette affaire en main puisque ma carrière de Professeur de Physique Bandito n'avait été que sinistre. J'acceptai qu'il prît le relais. Je dois le concéder, ses résultats furent spectaculaires.

Alors que nous nous installions pour le dîner, Fredi fit allusion à ce qu'il avait entendu dire des problèmes de José en Colombie et il lui offrait toute son aide possible.

C'était l'ouverture que guettait José. Il enchaîna en demandant à Fredi s'il acceptait de le laisser s'adresser

1. Il a choisi une grosse pute hirsute à héritage génétique aussi douteux que le sien, et a disparu dans la jungle. Environ une heure plus tard, tous deux en sont ressortis, semblant très satisfaits d'eux-mêmes. Nous essaierons de revenir ici dans quelques mois afin de voir quelle espèce d'heureux événement peut bien en résulter.

à la troupe dont les rangs s'étaient étoffés et qui comptait jusqu'à une soixantaine de Banditos.

Fredi donna aussitôt son accord, puis en rugissant commanda une nouvelle tournée de mescal que, suivant les ordres de José, je corsai de copieuses quantités de champignons hallucinogènes.

La Fiesta devint conforme à l'idée que vous vous faites de la Bringue Bandito de base. D'énormes quantités de nourriture et de mescal, plein de rires rauques et de Vantardises Banditos, quelques bagarres à coups de poing et, bien sûr, un feu d'artifice improvisé avec tirs de mortiers et de lance-roquettes. Le bouquet final fut fourni par un Bandito Pyromaniaque avec son lance-flammes[1].

José n'arrêtait pas de me demander l'heure. Je savais ce qui le préoccupait. Il calculait le temps que pouvaient prendre les effets psychédéliques avant de se manifester. Je n'avais pas besoin d'une montre pour le savoir. J'avais la tête complètement cassée.

L'intention de José de voir les Banditos psychédéliquement bourrés avant sa conférence était brillante, mais ce qu'il accomplit ensuite fut un coup de maître. En quelque sorte, j'en louche de honte de ne pas y avoir pensé tout seul.

D'abord, une digression s'impose. Revenons en arrière, au chapitre treize, le lecteur doit se souvenir que la conversion de José (qui ne doit pourtant pas être prise à la légère), *Simple* Bandito devenu Bandito Sub-Atomique, tenait en partie à la méditation. Je vous

1. A propos je ne m'étais jamais inquiété de soirées Feu d'Artifice. Pour des raisons évidentes, ni mortier ni lance-roquettes n'étaient supposés être pointés sur nous.

avais alors promis qu'éventuellement je vous parlerais de ma technique. Eh bien, l'éventuellement d'alors est au présent maintenant[1].

J'avais imaginé cette technique de méditation tandis que High Pockets et moi-même vivions seuls dans la cabane peu après le braquage de la famille de Tina et ses effets sur ma Vision du Monde. Il me semble que toute une vie s'est écoulée depuis...

La plupart des types de méditation s'accompagnent de cette espèce de merde de Mantra. Une ineptie d'ordinaire que les garçons coiffeurs débiles vous débitent quand vous leur avez lâché le prix de la coupe.

Eh bien, mon mantra n'est pas inepte, et il ne vous en coûtera rien (dans la mesure où vous avez emprunté ou volé ce livre).

Quand j'étais gosse j'allais dans un centre aéré[2]. Il fallait environ quatre heures de route pour y accéder et le car était toujours bourré de douzaines de futurs Avocats, Banquiers et autres Banditos en puissance.

Quoi qu'il en soit il y avait une poire payée pour nous accompagner durant le voyage. Son boulot consistait à limiter au maximum le chaos et la casse.

Sa méthode marchait toujours, et en y repensant aujourd'hui, je comprends pourquoi. Souvenez-vous : « Rame, Rame, Rame sur ton Bateau. »

Eh bien, voilà, c'est ça mon mantra.

1. J'aurais éventuellement à explorer plus avant le concept de voyage dans le temps. A ce moment « là », l'éventuellement d'ici, en ce moment, sera « éventualisé ».

2. Croyez-le ou non, j'ai eu une enfance normale. Je ne comprends donc absolument pas pourquoi ma vie est ce qu'elle est.

Rame, Rame, Rame sur ton bateau,
Doucement en descendant le fleuve.
Heureusement, Heureusement, Heureusement
La vie n'est qu'un rêve.

Parlez d'une chanson Sub-Atomique ! Mais réfléchissez-y[1]. Si vous ne voyez pas qu'il y a là une métaphore de Première Division, je suggère que vous laissiez tomber ce livre et de ne plus y penser. Allez lire du Kahlil Gibran.

La vie n'est qu'un rêve[2].

Seigneur, pas de doute, ça nous calmait. Quel intérêt de foutre en l'air un bus si toute cette foire n'est rien d'autre qu'un putain de rêve ?

N'importe comment, dans ma cabane, je connus la secousse de la découverte. Cette méthode de méditation transcendantale marche mieux si vous la pratiquez en harmonie (l'harmonie à trois, c'est ce qu'il y a de mieux). Je soupçonne que ça a quelque chose à voir avec certaines propriétés harmoniques (illusoire, comme il se peut), du Monde Macroscopique.

Evidemment, il n'y avait personne à mes côtés avec qui m'harmoniser. Ou qui s'en approche, pensai-je. La deuxième fois que je testai mon mantra, High Pockets se trouvait assis là. Vous avez deviné. Il s'est mis à

1. Si vous croyez que toute comptine enfantine ferait aussi bien l'affaire, essayez de méditer sur « Frère Jacques, Ding Dang Dong ». Vous finirez sur un toit avec un fusil en main.

2. Les scientifiques hésitent à user du mot « rêve » dans la description de la Nature de la Réalité, mais ils ne cessent d'avoir à la bouche des expressions comme : « Evoquons l'Univers », « être participants à la réalité », et « la Réalité est essentiellement substantielle ». Je crois rêver, mon vieux !

hurler, à gémir pour être plus précis, en harmonie, comme seul un gros crétin sait le faire.

Cela marcha parfaitement bien jusqu'à la conversion de José qui me fit accéder à l'harmonie à trois. La profondeur de certaines de mes expériences sous l'influence de " Rame, Rame, Rame, sur ton Bateau " est impossible à rapporter par écrit. Qu'il suffise de dire que José et moi-même considérions d'un commun accord que ça nous faisait toucher de plus près le Monde Sub-Atomique. José allait jusqu'à proclamer qu'il avait conclu une alliance avec un Bandito Alternatif de l'O-Zone. Dieu seul sait quelle étrange sorte d'acide High Pockets avait ingurgité de son côté.

Quoi qu'il en fût, José divisa en trois sections les soixante Banditos Déjantés. Il leur avait fait former un cercle autour du feu de joie étincelant, les ténors au nord, les altos à l'ouest, les barytons au sud. José, côté est du coup, réclama le silence.

Je m'assis quelques mètres derrière lui pour pouvoir le conseiller le cas échéant.

High Pockets était retourné dans la jungle avec sa Petite Douceur Canine afin de s'en retaper un morceau.

Une minute José fit des aller et retour devant les trois garçons de Banditos, rassemblant ses pensées, se sifflant à l'occasion un coup de mescal.

José n'ignorait pas qu'en temps normal les Banditos ne font pas cercle autour d'un feu de camp pour entonner « Rame, Rame, Rame sur ton Bateau ». Il commença donc par préparer le terrain en les complimentant sur n'importe quoi les concernant, allant de l'excellence de leur Cuisine Bandito jusqu'à leurs immenses Sombreros Banditos. Champignons hallucinogènes et quelques minutes de ce baratin de merde permirent à José de les avoir bien en main.

Il leur demande ensuite s'ils lui faisaient confiance.

Chorus de « Si. Si », « Naturalmente » et de « Seguro hombre ».

Ensuite une demi-heure plus tard, José leur avait appris en anglais « Rame, Rame, Rame sur ton Bateau » — ça ne faisait pas la même chose en espagnol, certainement du fait de l'absence d'allitération — et expliqué ce que ces mots signifiaient. (Incidemment, Rame, Rame, Rame sur ton Bateau étaient les seuls mots d'anglais qu'il connaissait.) Pris chacun séparément il fit répéter les trois groupes, puis leva, telle une baguette de chef d'orchestre, sa bouteille de mescal alors à moitié vide.

— Uno, dos, tres, quatro.

Et le chorus commença, d'abord doucement, puis un peu plus fort, puis encore plus fort jusqu'à ce que la jungle renvoie l'écho du joyeux éclat vocal d'un Chœur Bandito chantant parfaitement en harmonie à trois voix.

High Pockets et sa petite amie hurlaient dans leur carré de jungle.

Les étoiles brillaient au-dessus des têtes.

Les Pulsars pulsaient.

Les Quasars quasaient.

Les Particules Sub-Atomiques s'abattaient sur la terre et sur tous ses enfants.

J'avais la chair de poule partout.

Brusquement pour imposer le silence, José agita sa bouteille.

L'accalmie qui s'ensuivit était authentiquement un silence Bandito.

Devant José s'étendait un océan de sombreros muets et immobiles.

L'idée me vint à l'esprit que si l'Auditoire Bandito de José n'était, ne serait-ce que la moitié aussi secoué que je l'étais, il allait connaître un fichu succès avec sa conférence. Ce, s'il réussissait à garder la tête sur les épaules.

Par la suite, non seulement José garda la tête sur les épaules, mais il donna également sur la Nature Sous-Jacente de la Réalité la conférence la plus pénétrante qu'un Bandito ait jamais donnée.

Naturellement, il commença par le commencement, avec son braquage de la famille de Tina. Afin d'éviter tout Débordement Bandito, il fit l'impasse sur la trahison de Tina à l'endroit de Tom et de Gary, ne faisant qu'une très brève allusion à sa Nymphomanie (et bien sûr, pas un mot sur le diaphragme enfoui).

Il me sonna pour le compte en enchaînant aussi sec sur l'Expérience de la Double Fente, de ses implications vis-à-vis de la Conscience Bandito qu'elle portât sur le Cosmique ou sur la Vraie-Vie.

Un Bandito du dernier rang de la section des ténors ponctua la récapitulation de José sur ce concept en tirant plus ou moins devant lui un obus de mortier qui devait finir par tomber une vingtaine de mètres environ plus loin dans la jungle. De la poussière, des débris et une purée de bananes s'abattirent sur le camp, mais José demeura imperturbable.

Il consacra l'heure suivante à revoir en gros la Théorie des Quanta. La méthode d'enseignement de José différait de la mienne sur un point essentiel : il ne se reportait jamais à Newton ou aux autres vieux pets antérieurs à la Nouvelle Physique et, rétrospectivement, je dois reconnaître qu'il faisait bien. Pourquoi embrouiller le débat avec des théories dépassées ?

Captivé et paisible, son Auditoire Bandito demeurait assis, à l'exception de ce Bandito Ténor qui ne cessait de tirer autour de lui des obus de mortier en réponse aux propos de plus en plus fulgurants de José.

Toutefois, alors qu'il entreprenait d'approfondir le Problème du Bandito de Schrödinger, une volée de roquettes furent tirées au hasard par la section des barytons. La scène allait devenir tout à fait irréelle[1].

José fit une brillante parenthèse dans son Propos Pleine Charge en abordant la nature de l'Espace, du Temps et de la Matière. J'en sifflai mon fond de mescal et, devant mes considératiosn préférées, souriait tel un père fier de sa progéniture.

José allait et venait, gesticulant parfois avec sa bouteille, expliquant que le monde tel que nous le connaissons, le monde des Bananes et des Banditos (je suppose que pour demeurer concis, il a laissé de côté Contra-Banditas et Seigneurs de la Dope), est seulement une image constituée par des états, des mouvements de vagues électromagnétiques et de Processus Sub-Atomiques, et en quoi les découvertes de la Mécanique Quantique ont virtuellement détruit la notion d'objets « solides ».

Là-dessus un objet solide atterrit devant José. L'objet s'avérait être un obus de mortier. Pour une quelconque raison il n'éclata pas.

José eut un rapide coup d'œil et reprit son bavardage.

1. A ce moment-là, j'étais pleinement halluciné, aussi mes perceptions de la suite de la conférence doivent-elles être prises avec des pincettes.

Je pourrais dire que sa façon de louper les métaphores le rendait un peu confus. D'abord il lui fallait appeler un électron, un électron puis s'y référer en tant que Bandito Cosmique [1]. Sur le fond cependant il demeurait cohérent, et il en vint à expliquer qu'une des conséquences directes du Principe d'Incertitude d'Heisenberg fait que parfois les électrons ont été vus répartis dans une large zone, et parfois repérés dans une petite région. Surtout, à l'instant précis où nous jugeons avoir découvert une localisation de Banditos Cosmiques, elle se trouve ailleurs, abusés que nous avons été.

Arrivé à ce point, High Pockets fit son apparition et s'étendit par terre, la tête sur mes genoux. Visiblement ébranlé par les tirs sporadiques et sans discrimination des mortiers, lance-roquettes, armes légères du Chœur Bandito. Je plongeai mes mains dans mes poches et en tirai ma dernière boîte de Milk Bone Flavor Snack pour Petits Chiens. Il était trop retourné pour pouvoir manger. Il semblait également épuisé, certainement du fait des demandes sexuelles de sa petite amie.

Je regardai José. Il se sifflait une nouvelle bouteille de mescal. Après une rasade particulièrement longue, il s'essuya ses lèvres d'une manche, fit « Ahhh », se défit de son sombrero et prévint son public qu'ils allaient être entretenus du Réel Sous-Jacent à la Réalité de la Nature. Il demanda aux Banditos s'ils se tenaient prêts.

La Bande répondit par une nouvelle bordée de projectiles tirés en l'air [2].

1. Sans doute cette dualité Electron-Bandito Cosmique est-elle analogue à la dualité Particule-Vague des Unités Sub-Atomiques.

2. Les synapses de mes nerfs crâniens s'allumaient alors au hasard mais je sentais en quelque sorte l'équilibre entre le tir en l'air des Projectiles Banditos et la chute zippante des Particules Sub-Atomiques.

José entama alors une franche dissertation sur l'un des plus ardus concepts de la Nouvelle Physique : la Courbure de l'espace. Le feu roulant Bandito se calma, puis cessa d'un seul coup (hormis un tir occasionnel du connard au fond de la section des ténors), quand José rapporta la nature du Continuum Espace-Temps. Le temps, assurait-il, n'est pas une entité distincte de l'espace tri-dimensionnel, mais une part du même quelque chose et qu'il n'y a pas plus un écoulement du temps universel qu'il n'y a un écoulement vers le haut ou vers le bas.

Ainsi, poursuit-il, la véritable texture de l'espace-temps n'est pas une ligne droite comme une pratique de tous les jours nous conduit à le croire, mais une courbure.

Une pause féconde. José avala une lampée de mescal, puis rota de façon contemplative. Il tenait son audience par les deux oreilles, et il le savait.

Cette courbure, affirma José, se manifeste en elle-même dans des phénomènes telle que la gravitation. Et, insinua-t-il, possiblement telle que la matière proprement dite.

Nouvelle pause féconde.

J'étais plongé dans l'ahurissement par le rythme et la profondeur des déclarations de José. Il cita alors (en espagnol, évidemment), l'un de ses physiciens contemporains de prédilection, John Wheeler : « Il n'y a rien dans le monde si ce n'est un espace vide et courbe. Matière, densité, électromagnétisme et autres champs ne sont que des manifestations de la courbure de l'espace. *La physique est géométrie.* »

José sonnait le Continuum Espace-Temps à coups de

bouteille de mescal. Bananes et Banditos, soutenait-il, ne sont que de simples ondulations du néant.

Cette prise de position précipita une nouvelle irruption spontanée de tirs d'armes légères. Quelques mortiers alentour lâchèrent leurs obus dans les parages, faisant s'abattre une pluie de débris sur le Symposium Bandito de José.

Il se défit d'une peau de banane atomisée retombée sur son visage et réclama en hurlant le silence.

Il regarda en l'air, en direction des étoiles, cherchant l'inspiration, puis il commanda au gang de se défaire de leurs sombreros et de l'imiter.

Le spectacle de trois sections de Banditos, contemplant silencieusement le Cosmos me donnait le vertige, aussi abaissai-je mon regard sur High Pockets et lui grattai-je le crâne. Sa queue comme d'habitude s'agita.

— Le Grand Esprit, s'agite, murmurai-je, pensant aussitôt au vieil Indien où qu'il fût. Je songeai ensuite au Señor Rodriguez, à Tina, Tom, Gary, et en particulier au père de Tina.

Ce qui m'entraîna doucement à rêver. Il devait même s'agir d'une espèce de coma.

Quoiqu'il en soit, quand mon esprit cessa de battre la campagne, José était bien en train de débattre de notre sujet favori : les Différentes Interprétations du Monde selon la Mécanique Quantique. Il reconsidéra les Fonctions de Vague Ephémère, de particules Fantômes, d'Anti-matière, et de père de Tina. Il s'intéressa alors à la Théorie de l'Interprétation des Editions. Je pouvais entendre le crétin de la section des Ténors hurler qu'on lui rapporte des munitions.

Un Bandito dans la section des Altos lâcha une

courte rafale qui semblait être, au bruit, un Uzi. Je sentais que le gang commençait à ne plus tenir en place.

Quand José lança tout à trac qu'il avait passé une alliance avec un Bandito Pleine Charge Alternatif d'une autre Branche de la Réalité, la foule fut prise de délire. Le Chœur Bandito déchargea en même temps toutes les armes à portée de main.

High Pockets fit un bond en l'air d'environ trois mètres.

José fut violemment renversé par l'onde de choc.

Le maniaque au lance-flammes inonda le camp sous une fontaine de feu.

Le ciel et la jungle avoisinante étaient éclairés d'orange et de bleu.

Des bananes épluchées, à demi épluchées tombaient du ciel.

Une grenade à main roula sous une tente à munitions et explosa.

Je fus touché par des débris volants et perdis connaissance.

Pour en finir, je dois qualifier la conférence de José d'inqualifiable succès.

Deux nuits plus tard, cependant, il tenta de revivre ce succès dans le sud du Nicaragua avec une bande de Banditos Marxistes. Cette conférence, malheureusement, ne se passa pas très bien. De façon rétrospective, j'ai plus ou moins compris pour quelles raisons. Et tout d'abord, j'hésite à ranger cette bande dans la Catégorie des Vrais Banditos. Ils portaient des treillis vert olive au lieu de s'en tenir au cuir et à la peau de daim de la Tenue Banditos prescrite. Ils ne s'intéressaient pas davantage aux chiens — toujours mauvais signe. D'un autre côté, ne voulant pas paraître snob sur ce chapitre, j'accordai le bénéfice du doute à ces trous du cul.

Avec ces gars, les problèmes de José débutèrent dès les préliminaires. Ils refusèrent en premier d'ingurgiter le mescal rehaussé de champignons que je leur offris, proclamant qu'ils avaient à se lever tôt et qu'ils voulaient avoir les idées claires pour leur espèce d'embuscade [1].

Ils déclinèrent également l'invite de José à entonner : « Rame, Rame, Rame sur ton Bateau », de crainte de se voir repérés par la CIA ou l'armée du San Salvador.

La merde fut à son comble au bout de deux minutes de conférence sur la Physique Préliminaire Bandito. Quelqu'un dans le fond hurla à José de se taire parce qu'il voulait dormir. Le reste de la bande vociféra son approbation. Un type commit l'erreur de balancer sur José une banane entamée.

High Pockets et moi-même, voyant venir le coup, nous étions mis à couvert.

José s'aquitta plutôt bien de sa tâche bien qu'il fût en sérieuse infériorité numérique. Il s'en tira avec deux yeux pochés, une nouvelle bosse sur le front et la perte de sa dent en or du devant (il la retrouva dans la matinée), le seul réel dommage blessait son Honneur Bandito [2].

José m'avait été d'un grand secours dans mon message adressé au père de Tina (de même avec Tom,

1. Je n'ai jamais rencontré un Bandito qui ait ressenti la nécessité d'avoir les idées claires pour quoique ce fût, mais je suis tout à fait disposé à laisser de côté cette preuve de comportement Anti-Bandito.

2. De mon côté, je suis résigné à accepter que José est et sera toujours un Bandito. La Philosophie au-delà de son Comportement Bandito a néanmoins gagné en profondeur.

Gary et Tina). Pour l'abstraction il a un vrai flair. De temps à autre je le laisse rédiger la lettre, me contentant de corriger sa mauvaise Syntaxe Bandito.

Nous avions vérifié les annonces classées de l'*International Trib.* dès que nous pouvions nous en procurer un exemplaire, mais le père de Tina était resté silencieux. J'imagine que nous entendrons parler de lui à mesure que notre irrésistible ascension vers le nord touche à son but. Quand il réalisera que nous allons lui tomber dessus comme la pomme de Newton, dans le cadre d'une mission quasi gravitionnelle, sa marge de mouvement sera bien mince.

José et moi-même (pour ne pas mentionner High Pockets), sommes des Flèches décochées — des flèches conceptuelles, tirées par l'arc de l'Ultime Archer-Zen [1]. Flèches filant à travers le continuum Espace-Temps. Flèches qui visent directement la Vision du Monde du père de Tina.

La mécanique quantique peut être considérée comme une redécouverte de Shiva, le dieu hindou du chaos et de la destruction.

(Gary Joukov)

1. A ce propos la philosophie orientale (le bouddhisme zen en particulier) et la Nouvelle Physique semblent déboucher sur certaines conclusions similaires en partant de prémisses différentes.

16

LE TRISTE BANDITO

Nous avions appelé Eduardo à Miami en nous servant du radio-téléphone du Lear et avions eu avec lui une conversation ridicule et décousue concernant le bon vieux temps et nos retrouvailles imminentes à fêter comme il se devait. Naturellement, environ 18 000 agents fédéraux suivaient notre conversation[1]. Dix minutes après avoir raccroché, la maison d'Eduardo était encerclée par les Brigades d'Interventions spéciales du Bureau des Narcotiques. Après quoi le FBI fut s'entasser, camouflés en costumes trois pièces, plusieurs centaines de ses agents dans le terminal quasi désert de General Aviation à l'aéroport international de Miami — avec pour consigne de ressembler à tout le monde. C'était ça l'erreur.

Il est bien connu que General Aviation (l'aéroport pour vols privés), en Floride du sud dépend étroitement des trafiquants de drogue lorsqu'il s'agit de faire voler des avions.

1. Il en va exactement de même si l'on considère les professionnels du yachting, du cabotage, les opérations immobilières en bord de mer… Ils sont tous là-dedans.

A ceci près qu'Harry, prévenu de la situation par un « amicalement » venu de terre, toucha la piste, remit les gaz vers l'est, à une altitude de quinze pieds, soufflant les toitures des innombrables (et interchangeables), maisons mobiles qui polluent le sud de Miami.

Nous filions à toute vitesse, mais Harry n'adoptait en rien l'attitude cavalière de Flash à l'endroit du niveau d'essence. Il procéda donc à un atterrissage d'urgence sur la piste d'Homestad Airport, là où, ainsi que je l'ai mentionné un peu plus haut, je repris connaissance après avoir succombé à notre « conférence. »

Si, en regardant par le hublot, l'on découvrait que les lampadaires dans la rue se trouvaient à hauteur du regard ou bien au peu au-dessus et défilaient à plus de 700 km/heure, tout autre que moi aurait déjà compris que quelque chose allait de travers.

Quoiqu'il en soit, Harry nous tint informés de notre situation alors que le camion citerne progressait lentement sur le terrain d'aviation. Nous bondîmes tous dehors afin de faire le point. J'allumai un joint et, du regard, perçai le ciel nocturne. J'entendais s'approcher le bruit des hélicoptères et des sirènes.

— Hé, Aileron, regarde-moi *cette* beauté.

Flash et Aileron astiquaient des yeux le loockheed Lodestar[1] parqué à proximité.

Le camion citerne était en place. Harry le rejoignit en courant et je pus le voir s'empourprer alors qu'il s'entretenait avec le chauffeur.

1. Une pièce de collection en platine : Loockheed, Lodestar, « Etoile Polaire ». Type d'appareil à bord duquel s'embarque Ingrid Bergman pour s'envoler de Casablanca dans le film du même nom.

— La citerne est vide ! hurla-t-il.

Auparavant je n'avais jamais entendu Harry élever la voix.

Flash et Aileron se faisaient la main sur la serrure du Lodestar.

Robert et Jim s'efforçaient de déboucher la dernière bouteille de Louis Rœderer année 71 tout en balançant, coincé entre leurs genoux, un miroir chargé de coke.

José s'était couvert de son Sombrero Bandito et rechargeait sa mitraillette Thompson.

High Pockets hurlait (il déteste les sirènes).

Je tirai une longue bouffée de mon joint, et l'exhalai en pleine contemplation.

L'hélicoptère de tête était équipé d'un haut-parleur, de même que d'un terrible projecteur.

— Jetez vos armes et allongez-vous sur la piste, claqua à travers tout l'hémisphère nord.

José répliqua en faisant voler en éclats haut-parleur et projecteur. L'hélico vira aussi sec. José grimaça, laissant sa dent en or sur le devant attraper la lumière d'une balise toute proche. Jim et Robert levèrent leurs verres à la santé de ce beau coup de fusil qui leur avait fait forte impression.

Pendant ce temps-là, Flash et Aileron qui avaient coupé les fils du démarreur pour les mettre en contact, faisaient rouler le Lodestar sur la piste dans notre direction. Je compris aussitôt que c'était notre dernier espoir.

Harry et le copilote à proprement parler n'étaient pas en froid avec la loi. Je m'intéressai donc aux autres, les pressant de monter à bord. High Pockets le fit de lui-même. Il fallut convaincre José. Robert et Jim s'y refusèrent, proclamant que lorsque les flics arriveraient, il leur suffirait de nier en bloc. Je sortis mon 9 mm et menaçai de les tuer tous deux s'ils ne montaient pas à bord du Lodestar qui manœuvrait sur la piste. Depuis un hublot du cockpit, High Pockets et Aileron aboyaient comme des fous.

Robert tira calmement sa grenade à main d'une poche de sa veste, leva les sourcils et fit :

— Ah ouais ?

Lui et Jim trinquèrent et burent une nouvelle gorgée. Puis Robert tripatouilla la coke.

Je plongeai dans le Lodestar, qui roulait à présent à 20 km/h. Flash poussait les gaz.

Je vis l'image de Tim et Robert assis près du Lear, en train de siroter leur fond de champagne. Bientôt ils seraient encerclés par des agents fédéraux surexcités. Mes yeux se mouillèrent. Même un juge mort leur collerait à chacun une peine de quinze ans.

Flash nous maintenait à une altitude de trente mètres, faisant hurler les moteurs entre les immeubles du centre ville de Miami Beach, puis au-dessus des eaux, virant vers le sud en direction des Bleues Caraïbes.

Les choses se présentaient mal. Le Lear serait confisqué ainsi que ses 890 000 dollars à l'arrière (ou ce qui en resterait lorsque les Fédés se les seraient partagés entre eux). Mes deux meilleurs amis étaient en prison. Une vraie prison, pas un débarras dans le Massassuchets fermé par un antivol de vélo.

A nous trois nous avions un compte évadé fiscal aux îles Caïmans avec pas loin de deux millions dessus, mais il nous fallait au moins nous présenter à deux pour sortir de l'argent. Nous l'y avions déposé comme pour rire quelques années auparavant alors que nous étions sérieusement fortunés. Je n'arrivais même pas à me souvenir du nom de la banque, pas davantage de la raison sociale de notre dépôt. Avec Robert et Jim dans les limbes, cet argent partait également en fumée.

J'évaluai mon capital. Sans tenir compte des frais de change, je possédais 312 dollars.

José me dit de ne pas m'en faire. Nous retournerions à Riohacha, rassembler son Armée Bandito, l'amènerions en douce aux Etats-Unis, mettrions à sac la prison quelle qu'elle fût, où se trouvaient mes potes, puis reprendrions tous nos activités normales. A mes oreilles ça sonnait bien, malheureusement les choses ne se déroulèrent pas tout à fait comme prévu.

En premier lieu, Flash rata l'Amérique du Sud. Immédiatement avant l'aube nous avions traversé sans nous en apercevoir l'Amérique Centrale quelque part au sud du canal. Et nous volions au-dessus du *Pacifique* et non des Caraïbes. J'avais fait un petit somme et n'étais retourné en rampant dans le cockpit qu'aux environs de 8 heures. Je calculai alors que nous devrions être en vue des côtes colombiennes. Mais devant nous, il n'y avait rien d'autre que l'océan.

L'explication de Flash étant :

— Vent contraire.

Quand je m'enquis sur les sommets enneigés à quelque quinze miles sur notre gauche, sa réponse fut que je le laisse tranquille.

— A part l'Afrique, rien de ce côté-ci, ne peut ressembler à ça.

— Alors, c'est qu'on est en Afrique, répliqua-t-il.

— Tu n'as aucune idée de l'endroit où on se trouve, dis-je.

Pause contemplative. Il alluma un de ses gros joints pour rasta, et exhala.

— Ecoute, fit-il. Je sais exactement où nous sommes. Nous *y* sommes précisément.

Du doigt, il désignait le sol.

— Un autre endroit où j'ai pas de problème.

Pour finir nous virâmes vers l'est et atterrîmes sur une petite bande côtière — en Bolivie pour vous orienter. Nous refîmes le plein et le point, et j'achetai le journal local. Ma photo s'y étalait en première page. Il y avait une petite photo — un encadré amusant — de High Pockets langue pendante. Je me sentis brusquement tout chose et perdu. Que faisions-nous High Pockets et moi-même dans un journal bolivien ? Ici, dans le passé, nous avions violé la loi, mais rien de bien méchant. Je parcourus l'article en vitesse.

J'étais à présent un terroriste d'extrême gauche, avais été aperçu récemment en compagnie de l'infâme Carlos. Ma mission, selon le journal, c'était d'assassiner tous les présidents, tous les dictateurs du Tiers monde. High Pockets, déclarait-on, était une Machine à Tuer Canine. Nous deux avions été entraînés en Lybie par notre vieille connaissance « seulement connue sous le nom de " George " », et étions, grâce en particulier à des techniques poussées de concentration, à même de servir d'explosif par la seule force de notre volonté.

Des Numero Uno dans le hit parade de toutes les polices de toutes les nations représentées aux Nations unies (et de quelques-unes qui n'y figuraient pas).

— Pure calomnie, marmonnai-je à High Pockets sans m'être rendu compte qu'il était parti flâner.

J'essayai de me figurer qui ou quoi était à l'origine de cette gigantesque confusion.

Ils mentionnaient George — c'était un indice. Je songeai à Jim et à Robert où qu'ils fussent. Ces deux crétins raconteraient n'importe quoi, histoire de rire, particulièrement s'ils étaient soumis défoncés à un interrogatoire. Mais cette histoire était par trop cohérente.

L'air absent, je tournai la page. Sur la suivante, à ma grande surprise s'y étalait la photo de José. Ça devenait ridicule. Je me mis à lire.

— Bah mon vieux, fut une des choses que je prononçai avant de finir l'article.

Je relevai les yeux. José assis par terre mangeait un Sandwich Bolivien en compagnie d'un Bandito Bolivien. Brusquement il me fallait boire. Les nouvelles concernant José étaient également mauvaises. Voici en quoi : José s'étant accolé à moi, à George, à Carlos le Terroriste, il se retrouvait rattaché au Front Marxiste Révolutionnaire Colombien. Apparemment les Seigneurs de la Dope en avaient eu vent à Riohacha et s'étaient jetés comme des fous sur l'Empire de José. Etre communiste constitue le plus gros manquement au Code de Conduite des Seigneurs de la Dope[1].

Selon un Seigneur de la Dope porte-parole, l'Armée Bandito de José avait grossi les rangs d'autres Armées de Seigneurs de la Dope, seule une poignée de ses plus loyaux sujets s'étaient enfuis en direction du sud-ouest afin d'y attendre son retour.

1. A propos, on ignore qui fut le premier Seigneur de la Dope, selon de récentes découvertes dans l'Archéologie des Seigneurs de la Dope, on peut dater la venue du Prophète aux alentours de l'an mille.

Lentement je me redressai et jetai un coup d'œil alentour.

High Pockets et Aileron reniflaient les arrière-trains de chiens Boliviens à proximité de cabanes délabrées.

Flash surveillait le plein des réservoirs du Lodestar, en se penchant dessus, un joint allumé aux lèvres.

José tirait une puce ou un insecte de sa barbe de trois jours et acquiesçait d'un air pénétré tandis que l'autre Bandito lui rapportait tous les Commérages Banditos du coin. Visiblement le gars n'était pas au courant des difficultés de José.

A quelques pas se trouvait une petite épicerie faite de tôles ondulées. Je m'y rendis donc. Farine, tequila et additif à essence étaient les seules choses qu'elle vendait. J'achetai trois bouteilles de tequila et ressortis toujours sous le choc de ce que je venais de lire.

Je bus une longue gorgée de tequila[1], ricanai énormément, me ressaisis et m'approchai de l'endroit où se tenaient assis José et son copain, à l'ombre d'un vieux chêne noueux — le seul arbre sur plus d'un kilomètre le long de cette côte désertique. Je m'assis par terre.

Je tendis à chacun une bouteille, avalai une autre sérieuse rasade. Je sifflai en réalité la moitié de la bouteille. Mes lèvres, involontairement, s'étirèrent laissant à nu les dents et je pouvais sentir le sang affluer vers les globes oculaires pour le cas où mes yeux aimeraient s'en injecter.

— Aaeee — aah ! hurlai-je.

Cela aussi était involontaire. Mais les deux Banditos

1. A ce sujet, les Banditos ne se servent ni de sel ni de citron. Ils usent d'un vieux dicton pour traiter ceux qui s'en servent, mais sur ma vie, je ne peux m'en souvenir.

interprétèrent cela comme un défi et se mirent à téter leurs bouteilles.

— Ahhh... fit José.

— Ahhh... fit le copain de José.

C'était plus ou moins ce que j'attendais d'eux. Je consultai ma montre. Je donnai cinq minutes à José pour que son organisme s'imprègne de la tequila, et pouvoir de la sorte lui apprendre que son empire avait été dévasté et tout. Je commencerai par lui lire l'article me concernant en première page, histoire de le faire rire. Le choix du moment, c'est tout ce qui compte quand on casse le morceau à un Bandito.

Je patientai ces cinq minutes durant lesquelles José se tapa trois autres bouteilles de tequila (je n'avais toujours pas fini la mienne). Lui et son copain vidaient cul-sec les leurs. A nouveau, tous deux firent :

— Ahhh...

Je commençai le récit.

José écoutait attentivement, riait à mes dépens, puis s'intéressa à son propre photo-portrait en deuxième page. Il pouffait tel un vieil oiseau empaillé, il s'affaissait lentement cependant, comme un ballon crevé alors que poursuivais ma lecture. A voir son regard, je ne pouvais pas dire s'il était soit extrêmement ivre, soit Bandito Ivre en Passe de Déchaînement — une sorte d'hyperespace de l'ivrognerie.

A ceci près qu'il n'était ni l'un ni l'autre — voilà une des nombreuses raisons pour lesquelles je considérerai toujours José comme un meneur d'hommes. L'effet des mauvaises nouvelles sur lui était comme suit, et seulement comme suit : ça le remettait à jeun.

Calmement il demanda à son Copain Bandito où se trouvait le téléphone le plus proche. Vers le sud répondit le type, à une heure de jeep. José me dit alors qu'il serait de retour dans deux heures à peu de chose près et partit avec le type après avoir négocié l'utilisation de la seule jeep du village.

A son retour je somnolais sous l'arbre. Il s'assit et me réveilla en douceur. José était un Bandito Triste[1]. Tout l'article était vrai. Il ne pouvait pas retourner à Riohacha sans qu'il ait repris personnellement les choses en main et repris le dessus sur les Seigneurs de la Dope qui l'avaient frappé par derrière en se servant pour pousser à la discorde ses hommes, de ses liens inexistants avec l'extrême gauche. José comptait vingt loyaux sujets qui campaient dans la Sierra Nevada.

Il rapportait d'autres nouvelles. Me concernant. Il y avait des avis de recherche lancés contre High Pockets et moi-même par quelques dictateurs (plus la CIA), le tout additionné dépassait les deux cent mille dollars. On ne pouvait plus se confier à quiconque. Les enquêteurs, les agents double, les délateurs grouillaient sur tout le continent.

José me gratifia d'une de ses Etreinte Bandito spéciale et me dit de ne pas m'en faire. Il s'occuperait de moi jusqu'à ce que nous soyons retombés sur nos pieds.

A nous deux nous liquidâmes une nouvelle bouteille de tequila. José rappela Flash à nos côtés, me confia quelques mots et par mon intermédiaire expliqua à Flash qu'il était le bienvenu, qu'il pouvait nous accompagner et se planquer avec nous. Il expliqua ensuite que

1. Ayant perdu son statut de Seigneur de la Dope, il était redevenu un vrai Bandito. Mais comme je l'ai souligné, il était tellement pragmatique qu'il se comportait comme un Bandito même lorsqu'il était Seigneur de la Dope.

le Lodestar était brûlé comme un alcool de contrebande et devenait en conséquence un moyen de transport peu sûr. José et moi-même poursuivrions la route en jeep et, ultérieurement, à dos d'âne.

Flash tripotait sa queue de cheval rouquine et souriait.

— Merci viiieux, mais moi et Aileron, on a pour habitude de vivre en avion, t' vois ?

Il glissa sa queue de cheval dans un bracelet élastique et reprit :

— T' vois, c'est une paire d'ailes encore plus belle que le vieux Looney Tune et, mec, quand j'aurai fini de maquiller à coups de pinceau cette beauté avec des giclées de rouge, bleu, blanc comme un étendard, t' vois, qui pourra reconnaître le branleur ?

Flash s'éloigna vers l'appareil. Il se retourna brusquement.

— Au ras des arbres, mec, n'oublie pas.

Il me désigna alors du doigt quoi qu'il s'adressât à José.

— Ce super-mec pèse lourd, mec. Son âme est au ras des arbres.

Sur quoi lui et Aileron s'embarquèrent à bord du Lodestar (il s'était mis à l'appeler le Loaded Star (Etoile Chargée), le lancèrent de façon fantaisiste sur la piste improvisée et décollèrent.

Trois semaines plus tard, José et moi-même rejoignîmes ses hommes dans les montagnes au sud de Santa Marta. High Pockets et moi-même gagnâmes notre cabane et cette histoire débuta. Ou bien débuta le récit qui se trouve derrière ce récit, puisque cette partie-ci était celle qui rapportait en quelles circonstances le récit débouchait là où l'ensemble était amené à débuter.

En premier lieu quand j'ai commencé à écrire ce récit, j'avais en tête qu'il s'achèverait quand le passé rattraperait le présent (comme c'est le cas en ce moment), mais les choses ne se passèrent pas exactement comme je les avais prévues. Une chose là, a surgi comme cela semble se produire bien trop souvent dans la vie proprement dite. *Le présent nous échappe des mains*. Et je vais vous dire un truc. Si jamais j'écris un autre livre (très peu probable), j'écrirai tout ce fichu truc au temps présent, comme ça au moins je saurai ce qui s'est échappé avant de commencer.

Hé, j'ai une petite devinette pour vous — la voilà : la partie passée et celle présente de ce récit se sont rattrapées maintenant[1]. Il y a deux possibilités pour expliquer ceci. Soit la partie du récit au présent ralentit un peu et attend que le passé la rattrape, ou bien la partie au passé accélère et rejoint le présent. (Nous reconsidérerons d'autres combinaisons possibles de ces

1. Principalement les personnages passés et présents. Prenez High Pockets, José et moi-même. A mesure que nos passés et présents convergeaient, nous pouvions aller à notre allure — dans la jungle, disons. High Pockets (les deux versions) aurait pu se planquer dans notre cabane et serait passé de l'une à l'autre en restant caché dans mon lit. Les deux versions pareillement effrayées et enfouies dans un autre lieu identique. Et ainsi de suite, ad infinitum. José (les deux versions) aurait pu faire feu sur place laissant deux Banditos Morts semblables, provoquant chez moi (mes deux versions) toutes sortes de problèmes, et bouleversant le cours des événements à venir. L'astucieux lecteur aura déjà compris la similitude entre ce concept et le concept des Editions des Différentes Interprétations du Monde selon la Mécanique Quantique. S'il *existe* plusieurs éditions de nous-mêmes simultanément vivantes dans des mondes différents, sans doute ces éditions littérales sont-elles des éditions littéraires comme c'est ici le cas.

deux éventualités). Laquelle de ces deux éventualités ci-dessus s'est-elle actualisée ?

Je vous donne une minute de réflexion.

Prêt ?

La réponse est : si votre organisme n'a expulsé ni air ni gaz dans un lâché spontané et dédaigneux (un rire suivi d'un pet serait la meilleure réaction), c'est que vous avez lamentablement échoué.

D'un point de vue relativiste (et ici, probablement, n'y en a-t-il pas d'autre), ma question est dénuée de sens. Je l'ai formulée pour distraire ceux parmi nous qui en avaient fini avec les devoirs à la maison.

La question est également dénuée de signification dans le sens où le présent ne peut pas ralentir et patienter ; que ce soit dans la fiction ou dans la réalité. Simplement ça n'arrête pas de tenir de grands discours comme l'idiot du village.

Là-dessus, laissez-moi ajouter que si vous n'avez toujours pas pris sur vous de faire vos propres recherches de votre côté, je préférerais que vous laissiez tomber ce livre pour de bon. Et allez lire un livre d'Erma Bambeck.

Tu n'es pas en train de penser, tu te montres simplement logique.

(Niels Bohr à Einstein lors de leur grand débat sur la Mécanique Quantique).

17

BANDITOS FAUCHÉS

Je commence à me faire du souci pour José. Ça fait maintenant près de deux mois que nous avons quitté la Colombie et à mesure que nous remontons vers le nord il semble se replier davantage sur lui-même. Il avait insisté pour que je double chaque soir son heure d'étude quotidienne et s'était mis à me poser ces questions métaphysiques qui ne peuvent avoir de réponse. Et lorsque je ne sais quoi répondre, il sort avec raideur, va s'asseoir dehors en compagnie de High Pockets, et nettoye et graisse jusqu'à l'aube sa mitraillette Thompson. En ces occasions, je peux entendre gémir High Pockets et de la sorte, je sais que José lui adresse la parole. José n'ignore pourtant pas que High Pockets ne comprend pas l'espagnol.

Et le lendemain, il se lèvera d'un bond et saluera le jour nouveau avec son habituel Enthousiasme Bandito, oubliant sa nuit de ressassement. Etrange et complexe primitif mon éternel ami !

Je crois comprendre l'origine de son Angoisse Bandito : le père de Tina. Durant les deux derniers mois nous avons expédié au mois trois douzaines de lettres, chacune postée quelques kilomètres plus au nord que la précédente. Cette ligne de boîtes à lettres s'allongeait vers le nord, tendait vers Sausalito (une longue marche comme l'aurait compris un enfant). Ce tracé, d'une précision géométrique, c'était également une idée de José. Et nous avons évité plusieurs chaînes de montagnes pourtant protectrices pour nous soumettre à ce tracé ! Et le père de Tina gardait le silence !

Pour finir l'obsession de José concernant le père de Tina, nous amena à connaître de sérieux ennuis. Il avait beaucoup insisté pour que nous procurions quotidiennement l'*International Trib.*, et ainsi vérifier les réponses aux annonces. Comme vous pouvez l'imaginer, ça n'allait pas de soi. Généralement, quand nous tombions sur une petite bourgade, nous nous tenions planqués dans la jungle jusqu'à la tombée du jour, rentrions furtivement dans la ville, piquions un exemplaire (nous étions sans un), puis nous tirions rejoindre la Place Forte Bandito la plus proche que nous avions localisée. Nous nous posions alors et consultions la page des annonces classées en quête d'une réponse adressée à « Mr. Quark ».

Cette méthode s'est révélée parfaite jusqu'à notre franchissement, la semaine dernière, de la frontière sud du Mexique.

Notre capture et l'incarcération subséquente sont essentiellement de la faute de High Pockets. Comme il souffrait d'un cas évident de dépression canine depuis sa séparation de sa petite amie du Costa Rica, José et moi-même avons veillé à ne pas lui tomber dessus trop fort.

Quoiqu'il en soit, un après-midi, nous traversâmes cette petite ville frontalière de Motozintla. José et moi-même grimpâmes dans un arbre, nous y installâmes, guettant la nuit tout en ayant un œil sur le pueblo et son remue-ménage inhabituel. High Pockets n'aime pas jouer à chat perché dans les arbres, je lui avais donc conseillé de nous attendre au pied et de garder profil bas.

A un moment donné, j'ai dû m'endormir parce qu'ensuite je me souviens seulement de José très excité en train de me tirer par le bras et de me chuchoter à l'oreille pour me réveiller.

Il était soucieux visiblement et, dès que j'eus porté le regard dans la direction qu'il m'indiquait, j'en saisis la raison : un peloton de *Federales* pourchassait High Pockets dans les jardins de Motozintla.

— Merde, dis-je.

High Pockets faisait des ronds en cavalant, sa langue pendant ridiculement sur son flanc gauche. J'étais impressionné par le style de sa foulée de sauteur de haie, mais il était exténué et deux *Federales* s'en saisirent avec une couverture jetée sur lui tel un filet. Sur le sol, ils lui passèrent les menottes aux pattes avant et arrière, puis l'emportèrent jusqu'à la taule.

Je regardai José. Voir High Pockets traité sans ménagement faisait que son Tempérament Explosif Bandito était à deux doigts de reprendre le dessus. Il arma sa Thompson, la balança sur son épaule, se laissa glisser le long du tronc. Je l'entendis sauter sur le sol, puis jeter des malédictions. Je regardais à mes pieds et compris aussitôt le pourquoi : un autre peloton de *Federales* encerclait l'arbre et nous tenait à sa merci.

— Merde, dis-je.

Là-dessus la branche sur laquelle je me trouvais assis se brisa. Je rendis un bref hommage à Sir Isaac Newton et à son équation portant sur la chute des corps, puis heurtai le sol et perdis conscience[1].

Quand je revins à moi, José traversait la ville en me portant sur son dos tel un cochon. Les habitants, pour la plupart, se retournaient sur nous et notre escorte de *Federales* en route pour la prison. Quand nous y pénétrâmes, j'entendis un avion, ses moteurs connaissaient de vilains ratés[2].

Ils nous traînèrent dans une pièce étroite et morne, et nous ordonnèrent de nous asseoir. José me fit glisser et m'aida à m'installer sur l'une des deux petites chaises disposées au milieu de la pièce. Trois *Federales* lourdement armés nous y ligotèrent.

J'entendis José jurer à nouveau. Quand mes yeux furent à même d'accommoder, je compris ce qui l'emmerdait : High Pockets attaché à un tuyau percé, ses mâchoires tenues serrées par un bandana. Il essayait de gémir mais tout ce qu'il laissait échapper ressemblait à un éternuement nasal.

Ce gros colonel graisseux avec épaulettes et environ

1. Le temps m'a manqué pour reconsidérer la Théorie Générale de la Relativité d'Einstein, qui a également quelque chose à voir avec la gravitation.

2. Nouvel extrait du Journal de Marche dans le Temps (JMT). J'ai un aveu à vous faire, cette dernière phrase est un Rajout à la Marche dans le Temps (RMT). En d'autres termes, je l'ai rajouté ultérieurement, bien après avoir vécu l'événement qu'elle rapporte. J'avais entendu un avion mais il ne me vint pas à l'esprit de mentionner si cela se révélerait profitable dans le futur. J'ai remarqué que dans la plupart des récits, si vous tombez sur un passage (ou bien une image dans un film), qui en apparence semble ne rien avoir à faire avec le reste, vous pouvez être assuré que quelqu'un essaye de vous mettre dedans.

Une sorte de conseil que je vous donne : dans la fiction, et dans la réalité, prêtez attention à ce qui n'a rien à voir, ça pourrait bien vous en faire voir de toutes les couleurs.

un kilo de médailles sur la poitrine se pencha sur moi en grimaçant. Il voulait m'intimider et ne réussissait avec son haleine chargée de salsa et de tequila, qu'à me faire pleurer.

Je brisai le silence en lui demandant comment il s'y était pris pour s'assurer de notre arrestation.

Ma question eut l'effet désiré : il se redressa, se mit à faire les cent pas et de la sorte il me fut épargné de renifler son haleine de pet.

En me fondant sur ses explications, j'ai pu en gros me faire une idée de ce qui s'était passé. Comme je l'ai dit, High Pockets était en proie à un Cafard Canin. Sa Pute Bandito du Costa Rica lui manquait tellement qu'il avait désobéi à mon ordre de demeurer couché au pied de l'arbre et qu'il était parti vagabonder en ville, certainement afin de trouver une remplaçante à son amour perdu.

Il fut repéré en train de renifler des derrières par un officiel du cru qui le reconnut d'après nos photos en circulation à travers toutes les Amériques du Sud et centrale. Aussitôt il alerta les *Federales*.

Colonel Pue de la Gueule se vanta alors — il s'était dit que si High Pockets se trouvait dans le coin, il en allait de même pour José et moi-même.

Il ne remarqua pas la pointe de sarcasme dans ma voix quand je le complimentai pour le brillant de sa déduction.

Il approuva avant de reprendre son explication — lancés à notre recherche ses hommes s'étaient dispersés dans la jungle. Certainement ils n'y auraient pas réussi (nous étions bel et bien haut perchés dans l'arbre), si High Pockets n'avait pas abandonné un de ses étrons maison juste à nos pieds.

Je regardai High Pockets. L'air coupable il me regardait. Il savait qu'il avait tout merdé.

— T'en fais pas pour ça, lui fis-je en anglais.

Il voulut japer en réponse mais, une fois encore, il ne pouvait rien proférer.

Colonel Haleine d'Ane voulut savoir ce que je venais de dire et à qui.

Quand je lui appris que je m'adressais à High Pockets, que je lui avais dit de ne pas s'en faire, il exhiba une matraque en caoutchouc, me l'agita sous le nez tout en maudissant ma personne, Johnny Carson, la dévaluation du Peso, sa grosse flemmarde de femme et, pour une quelconque raison, l'océan Pacifique.

Là-dessus José se mit à chanter « Rame, Rame, Rame sur ton Bateau ». Colonel Amygdales Gonflées le coupa à mi-refrain et le toisa.

Je réprimai un sourire. Je devinais les intentions de José — il s'efforçait de faire sortir de l'O-Zone son Pote Bandito, s'imaginant que si quelqu'un pouvait nous tirer de ce foutoir, ça ne pouvait être qu'un Bandito Quantique.

Les trois *Federales* lui hurlèrent de se taire, mais il était bien trop occupé à secouer les Branches Alternatives de la Réalité pour pouvoir prêter attention à des menaces Ici Présentes.

Colonel Bouche d'Egout commanda à l'un de ses hommes de clore le bec de José avec une banane. Ce n'est pas facile de pousser la chansonnette avec une banane vissée dans la bouche, mais José branché sur pilotage automatique poursuivait, et « Rame, Rame, Rame sur ton Bateau », ressemblait beaucoup à « Ra, Ra, Ra — teau ».

A l'évidence ni High Pockets ni José ne pouvait être

l'objet d'un interrogatoire, donc le Colonel Menendez (il avait fini par se présenter), prêta toute son attention à « Franchement Vôtre ».

Il lâchait les questions à la vitesse d'un AK 47 en position automatique. Qui étions-nous venus assassiner au Mexique ? Combien de terroristes étions-nous en tout ? Combien de Cubains dans le coup ? Comment communiquions-nous avec le Kremlin ? Disposions-nous d'armes nucléaires ? Combien ? Où se trouvaient-elles ?

Arrivé à ce point, j'interrompis le Colonel Menendez, et lui révélai que j'avouerais quelque chose pour peu qu'il la boîte une minute.

Il grogna de plaisir, confia à l'un de ses hommes que nous n'étions pas aussi coriaces que le laissait entendre la rumeur, puis il me dit de poursuivre.

Je commençai par le commencement. La famille de Tina braquée par José. Je passai en revue le concept de la nymphomanie de Tina ; en quoi celui-ci se trouvait inclus dans l'ensemble Coordination Espace-Temps (je faisais cela, assuré que le Colonel Menendez de la sorte se retrouverait lié pour toujours à Tina, à sa nymphomanie, son diaphragme planqué, sa trahison de Tom, de Gary), et en quoi, avant toute chose, le père de Tina était responsable de tout ceci.

J'ouvrai ensuite un de mes cours accélérés sur la Nature Sous-Jacente de la Réalité [1].

— Silencio ! rugit le Colonel Menendez lorsqu'il fut

1. J'agissais de la sorte tout autant pour moi-même que pour le Colonel Menendez. J'avais alors déjà le sentiment que notre situation pourrait échapper à tout contrôle — je tenais donc à mettre notre sale précarité dans sa propre perspective.

fait allusion au Bandito de Schrödinger. Il ordonna à ses hommes de nous faire sortir et de nous fusiller.

Dix minutes plus tard, j'étais attaché à un poteau dans la cour. De même High Pockets ligoté à un poteau sur ma droite, et José sur ma gauche. Il avait toujours sa banane dans la bouche et il poursuivait son incantation « Rame, Rame... ».

Dix ou douze soldats se tenaient, fusils chargés, alignés en face de nous. Le Capitaine qui commandait le peloton d'exécution voulut savoir si je souhaitais une cigarette. Je lui répondis que non, que j'avais cessé de fumer depuis peu, mais que merci quand même. Il me demanda si je souhaitais qu'on me bande les yeux. Je dis non, faites-le à José. Le gars jeta un coup d'œil sur José et me fit remarquer que selon lui José n'en avait pas besoin puisqu'il avait les yeux fermés.

Une petite discussion s'ensuivit. Interrompue par le Colonel Menendez qui depuis la prison hurlait qu'on se dépêche, qu'on en finisse pour être bien sûr que le dingue du milieu (moi) puisse au plus tôt vérifier le bien-fondé de ses propos.

En réponse je lui hurlai qu'il n'ouvrirait sûrement pas si grand sa grande gueule dans Certaines Branches Alternatives de la Réalité.

C'est alors que je pris conscience que le peloton tenait High Pockets en joue.

— Attendez une seconde, merde! m'écriai-je en espagnol. Et son bandeau?

Une nouvelle discussion s'ensuivit. Finalement le capitaine revint vers nous et banda les yeux de High Pockets et de José.

— C'est mieux, grommelai-je.

Je jetai un coup d'œil sur ma gauche. Visiblement

José revenait de son voyage. Il cracha la banane et me demanda pourquoi il ne voyait rien. Quand je lui appris qu'il avait les yeux bandés, il fit « Ahhh », approuva doctement et s'enquit alors de la situation.

Quand je lui appris que nous étions sur le point d'être fusillés, il fut très emmerdé.

Le choix du moment était parfait. Alors même que le Tempérament Explosif de Bandito Pleine Charge de José était en éruption, trois ou quatre explosions se produisirent, soufflant la majeure partie de la prison. J'eus un bref aperçu de l'Edition, dans cette Branche de la Réalité, du Colonel Menendez volant par la fenêtre pour venir s'écraser sur le sol tel un sac de boutons de porte.

Dans la jungle environnante, des armes automatiques firent feu, débandant le peloton d'exécution qui piteusement s'enfuit sans riposter ni se retourner.

Pendant ce temps, José qui s'était défait de ses liens, avait détaché High Pockets et me libérait.

Il avait négligé de retirer le bandeau et la muselière de High Pockets. Le rattraper pour le défaire de ces fichus trucs nous prit donc quelques minutes. Subrepticement nous retournâmes dans le tas de ruines de ce qui avait été la prison, nous saisîmes de nos armes, du sombrero de José et nous enfuîmes dans la jungle.

Les cinq jours suivants — nuits, devrais-je dire, nous poursuivîmes notre marche forcée vers le nord, nullement ralentis par le fiasco de Motozintla. Nous marchions de nuit — éreintant ! C'est le moins que l'on puisse dire. Faire son chemin dans l'obscurité de la forêt tropicale est une sale affaire, mais José et moi-même étions d'accord pour juger trop exposé de nous montrer au grand jour.

Nous prenions nos précautions en n'établissant le contact qu'avec des Banditos que connaissait bien José, ou bien qui lui avaient été recommandés par des Banditos Dignes de Confiance. La prime sur nos têtes dépassait à présent les cinq cent mille dollars, il nous fallait plus que jamais nous méfier des Banditos Déloyaux. Nous nous étions organisés afin de poursuivre littéralement notre route jusqu'à Sausalito en suivant les Relais Banditos. A cause du danger que cela représentait de nous les procurer, nous avions raté une ou deux parutions du *Trib*. Si l'on en croyait nos yeux, ce père de Tina refusait de traiter avec nous, du moins directement.

Une chose tracassait José, High Pockets et moi-même : l'étrange sentiment d'être suivis, mais non pas pistés au sens indien du terme ? José avec son Sixième Sens Bandito fut le premier à s'en inquiéter, High Pockets ensuite, puis moi-même comme si quelqu'un disposait d'antennes ultrasensibles afin de pouvoir repérer nos mouvements. Nous ne pensions pas que ce fût le fait d'autorités légales. Bombardement massif et napalm sont plus dans leur style. Non, plutôt une force étrange, peut-être une force maléfique, nous tenait à l'œil pour une quelconque raison. Dans l'attente ? Dans l'attente de quoi ? Sans aucune preuve à l'appui, José et moi-même soupçonnions le père de Tina d'être partie prenante dans tout ça.

Lorsque quelque chose se produit, ça fait de l'univers un lieu plus désordonné — ainsi le veut le concept d'enthropie.

(Michael Talbot)

18

BONJOUR RAMON — AU REVOIR RAMON

Si ce n'était sa tendance à sérieusement endommager son appareil, et à blesser ses passagers, Ramon était jugé selon les standards mexicains provinciaux comme un pilote potable. Propriétaire de son affaire, il repéra bien vite les trois gringos. Et comme il n'attendait « nada, fucking nada » de personne, il les aborda pour leur offrir une bière.

Il avait déjà vu ces types auparavant, avec CIA écrit partout sur eux. Depuis la plaque d'immatriculation de leur voiture de location jusqu'aux vêtements grotesques que portait le gros gringo, tout indiquait qu'il venait de débarquer de Mexico City et qu'ils étaient juteux à souhait. Des gringos, le plus petit, celui dont l'accent faisait penser au Texas, était l'homme avec qui l'on pouvait parler argent, puisque le gros gringo était saoul et vindicatif. Le troisième gringo, c'est un agent du Bureau des Narcotiques déguisé, se disait Ramon. Cheveux longs, rouges, queue de cheval, toujours en train de fumer un joint, disant des trucs de *loco*. Plus le chien. Pourquoi ces gringos d'une agence gouvernementale se trimballent-ils avec un chien gringo? Aucune importance, se disait Ramon, avec ces idiots de

Nortes, c'est toujours pareil, toujours en train de chercher quelque chose. Et s'ils veulent retrouver, errants dans la jungle, un gringo, un *Colombiano,* et un autre chien, faudra qu'ils casquent. *Muchos pesos. Muchos.*

Alors que Ramon pensait ces pensées, Robert lui brisa la bouteille de tequila sur le front.

Ramon se réveilla, ligoté et bâillonné, dans son hangar. Son vieux bi-moteur Beechcraft était absent. Jamais il ne le revit[1].

Tandis que vous êtes assis là, à lire ce livre, des particules sub-atomiques traversent votre organisme à raison de plusieurs à la minute.

(James S. Trefil)

1. L'astucieux lecteur aura évidemment saisi que j'ai écrit ce chapitre dans un futur indistinct, après avoir fait la découverte de certaines choses. Je dois également reconnaître que j'ai manifesté peu de considérations pour les pensées de Ramon, mais je voulais adopter une Attitude d'Observateur Omniscient. A ce sujet, j'ai beau avoir *écrit* ce chapitre dans le futur, pour autant il ne s'agit pas d'un Chapitre d'un journal de Marche dans le Temps (CMT), dans la mesure où cela n'a rien à voir avec mon JMT (Journal de Marche dans le Temps) qui apparaît en Notes en bas de page. Dans un certain sens, il s'agit plutôt d'un pas de côté, plutôt que d'un pas en avant ou en arrière dans le temps.

19

BRONX BANDITOS

A présent, José, High Pockets et moi-même, ne sommes plus qu'à une centaine de kilomètres de la frontière sud des Etats-Unis. Nous trouvions refuge dans une Place Forte Bandito pour la quitter aussitôt. A vrai dire, les derniers Banditos qui nous reçurent offensèrent la Sensibilité Bandito de José. Et à vous dire vraiment vrai je peux comprendre sa façon de voir, quoique je m'estime au-dessus de telles histoires. Le soi-disant Bandito Pleine Charge devait être censément un cousin éloigné de José, mais José proclamait que ça ne pouvait être qu'impossible.

Le type, au lieu de se consacrer aux Affaires Banditos, portait des chaussures J.C. Penney, passait l'essentiel de son temps à écouter des bandes d'Herb Alpert sur son baladeur Sony. J'avais expliqué à José qu'il devait s'attendre à ce genre de chose, à mesure que nous remontions vers le nord, en pleine civilisation, mais il était tellement retourné par ce Bandito Toc que nous campâmes dans la jungle cette nuit-là.

Nous n'avions pas même pris la peine de les entretenir de Physique Moderne ou de Cosmologie. C'étaient les Banditos les plus miteux, les plus timorés que j'eus jamais croisés. Pour tout dire, ils ressemblaient à une bande de Portoricains du Sud Bronx.

A propos de Bronx — hier, ils se sont montrés, ceux-là même qui nous traquaient, à bord d'un vieux bimoteur Beechcraft. Ils firent leur brutale apparition, surgissant du sud tout comme nous. L'avion volait au ras des arbres et suivait un cap imprécis. José, High Pockets et moi-même cavalions — José chevauchant, éperonnant Pépé. Ils passèrent à six mètres au-dessus de nos têtes, nous aspergeant de végétation laminée — déchiquetée par les hélices, puis ils s'éloignèrent.

Le bruit de moteur du vieil avion s'estompa, puis s'accrut à nouveau. Ils allaient refaire un passage. Cette fois José se tenait près. Je vis sur le ventre de la carlingue la ligne d'impacts de la grosseur d'un ongle de pouce. Ils ne refirent plus un survol à la verticale ; ils se tenaient à l'écart.

José à présent s'imagine qu'il s'agit de chasseurs de primes, moi je ne démords pas de mon intuition première — d'une façon ou d'une autre ils ont quelque chose à faire avec le père de Tina.

La nuit est venue. José et moi-même avons cessé notre débat quotidien sur la Physique et ses dérivés. Jusqu'à une heure avancée nous avions parlé de Quasars, Red Shift et du père de Tina. Il y a deux semaines s'était produit un événement qui avait été un grand soulagement psychologique pour José — après avoir toujours soutenu devant lui que cette chose finirait par se produire. La voici : le père de Tina avait pris contact. Et ceci est l'annonce que nous avons trouvée dans l'*International Herald Trib*.

Mr. QUARK. IL SEMBLE QUE NOUS AYONS BEAUCOUP EN COMMUN.

Après ce premier message, il lui a été difficile de tenir sa langue. Ainsi la semaine dernière :

Mr. QUARK. NOTRE CHAMBRE D'AMI VOUS ATTEND. Et ainsi de suite.

José dort, tout comme High Pockets et Pépé notre petit âne. Le feu de camp se meurt. Le ciel est clair, limpide et je suis incapable de trouver le sommeil ; je suis pourtant absolument en paix avec moi-même.

Sans doute l'imminence de notre épreuve de force intellectuelle avec le père de Tina me met-elle à cran. Et je sais ce qui tarabuste José. Il a peur que le père de Tina lui en veuille à cause du braquage.

J'ai rassuré José : dès que le père de Tina serait informé de tous les faits, le braquage lui apparaîtrait comme une nécessité, l'*inévitable* circonstance, oui, dans une chaîne de coïncidences qui guide notre Combinaison et Point de Vue personnels de l'Espace-Temps.

J'ai cependant des doutes occasionnels concernant mon attitude envers le père de Tina. Je me demande si mon rapport avec lui n'est pas quelque peu étrange. Pourquoi est-il si important que je me confronte à lui ? Pourquoi est-ce que je le considère comme mon père spirituel ? Pourquoi dois-je chercher son approbation ?

Bien sûr le père de Tina me demandera la raison pour les centaines de lettres cryptiques que je lui ai envoyées (ou fait envoyer), depuis les Places Fortes Banditos [1].

1. Le lecteur devrait avoir présent à l'esprit qu'il n'y a aucune raison pour que le père de Tina établisse une corrélation entre mes lettres, moi-même et le braquage ou tout autre chose. Je suis soulagé qu'il ait cessé de mettre en doute mon existence. Pour autant sa définition de ma personne est la pièce toujours manquante dans l'étrange puzzle que je suis en train d'assembler.

Il n'y a pas de force de la gravité en tant que telle, mais plutôt un corps céleste qui prête simplement attention à ce qu'il rencontre dans son voisinage.

(Albert Einstein)

D'après ses dernières annonces dans le *Trib.*, je suis assuré que le père de Tina sera toute ouïe. J'espère qu'il est fin prêt. J'espère l'être. J'espère que l'est José. J'espère que le sont Gary, Tom et Tina. C'est une énorme responsabilité que j'ai endossée.

20

LE TRÈS HAUT ET LE TRÈS PUISSANT

Jim avait étalé au travers de la cabine de pilotage une carte usagée de l'Amérique latine. Des dizaines d'épingles la parsemaient avec de petites étiquettes datées. Les têtes d'épingles à l'évidence traçaient une piste depuis les montagnes colombiennes de la Sierra Nevada qui remontait doucement vers le nord, traversant Panamá, Costa Rica, Nicaragua, jusqu'à Mexico. La dernière épingle n'était datée que de quelques jours auparavant.

Jim jetait un coup d'œil sur la carte puis d'un coup de crayon il dessina la ligne de l'itinéraire envisagé.

— Probable, ils vont suivre ce versant. José aime l'altitude.

Robert avala une longue gorgée de mescal.

— Flash, mon gars, mets-toi en brande, on décolle, mon pote.

Il rota puis péta avec peine. Son régime à base de tequila, tortillas et salsa lui avait sérieusement retourné les boyaux.

A travers la fumée de marijuana, Flash examina le tableau de bord qui lui était inconnu. Son bras droit plâtré était maintenu en l'air suivant un angle de quarante-cinq degrés comme dans un salut nazi, aussi fût-ce en tendant le bras gauche qu'il tenta une nouvelle combinaison dans la manipulation des manettes, puis il actionna à nouveau le démarreur.

Rien ne se produisit. Il n'avait jamais piloté un Beech 18 et n'était pas très sûr de sa procédure de démarrage. Toutes les indications étaient depuis longtemps effacées. Mais Flash avait l'habitude de ce genre de chose. Usant de sa Méthode Tâtonnante afin d'évaluer les possibilités, il essaya une nouvelle combinaison. Le moteur gauche fut lancé et se mit à tourner.

— Ça va, Aileron.

D'un doigt, il désignait l'extrémité rouge d'une manette articulée.

— C'est la magnéto gauche.

Installé dans le siège du copilote, Aileron gémit.

— Ça doit être la droite.

Flash retrouvait le circuit du système d'allumage en puisant dans sa banque de mémoires du passé récent. Les années 60 avaient court-circuité dans ses fonctions mémorisantes, le long terme. Mais depuis qu'il avait oublié l'existence de la mémoire d'un passé lointain, il était dans l'inconscience de cette absence.

Le moteur droit démarra. Flash joua des pouces en l'air à l'adresse de Jim et de Robert. Jim évinça Aileron de sa place de copilote et hurla par-dessus le rugissement des moteurs.

— On a combien d'essence ?

— Putain, si je le savais, hurla Flash en réponse. T'en fais pas pour ça.

— Faut retrouver ces deux dingues avant qu'ils replongent dans les ennuis.

Flash approuva énergiquement.

— Au ras des arbres.

Il poussa plein gaz les deux moteurs.

Une heure plus tard, ils volaient au-dessus du versant qui selon Jim aurait la préférence de José dans sa route vers le nord. Flash taillait la cime de la forêt tropicale, usant des deux ailes comme d'une gigantesque tondeuse. Des branches, des débris parfois s'engouffraient par les hublots ouverts de la cabine de pilotage.

Robert passait le mescal à Flash, Flash passait le joint à Robert. Jim était occupé par un quart de Tequila Cuervo Gold. Tout le monde était en proie à de sérieux bourdonnements.

Les deux ailes se retrouvaient légèrement courbées à force de raser les arbres, et l'antique carlingue vibrait affreusement. C'était de cette façon précisément que Flash avait démoli l'Etoile Polaire quelques semaines auparavant. Comme toujours lui et Aileron avaient échappé au pire — Flash avec un bras cassé et Aileron, avec une queue tordue [1].

— T'as vu ça ?

1. Je vous rapporte tout ce qui pourrait être le fin mot de l'exposé, à première vue stupéfiant, entrepris chapitre 17 (voir plus haut), lorsque José et moi-même étions enfermés en prison. Je cite : « Quand nous sommes entrés, j'ai entendu le ronronnement d'un avion dont les moteurs avaient d'inquiétants ratés. » Puis, si vous vous le rappelez, je vous proposais un extrait de Journal de Voyage, en reconnaissant que j'avais ajouté cette phrase ultérieurement, après avoir découvert quelque chose. Le lecteur avisé aura déjà compris que ma découverte était que Flash, Aileron, Robert et Jim se trouvaient à bord de cet avion. Ils nous avaient suivis et décidé notre évasion. Après avoir atterri dans une clairière voisine, Robert fit sauter la prison (la deuxième, arrivé à ce point du récit), tandis que Jim et Flash ouvraient le feu sur le peloton d'exécution, nous sauvant ainsi d'une mort certaine. Flash et Aileron redécollèrent afin de nous repérer, malheureusement ils s'écrasèrent peu après le décollage.

Le lecteur particulièrement avisé aura évidemment compris que cette note en bas de page est en elle-même une Note de Journal de Voyage (NJV, quoique très différente des autres notes, j'hésite à

— Jim s'efforçait de regarder derrière lui par le hublot de côté.

— J'ai vu quelque chose, j' crois que c'est eux.

— Passe-moi la bouteille, fit Robert quêtant la bouteille à tâtons.

— Je vais leur jeter ça comme si... signal.

Il rota horriblement, emplissant la cabine de relents de tequila et de salsa.

— Bon dieu de merde ! rugit Jim.

Lui et Flash passèrent la tête par les hublots afin d'échapper à la suffocation. Dans l'affolement, Aileron bondit.

Flash exécuta un virage en U et reprit la trace de son coup de tondeuse dans la jungle.

L'atmosphère de la cabine venait à peine d'absorber l'assaut gastrique de Robert qu'une salve du 45 de José découpa l'avion du nez à la queue.

Personne ne fut blessé, mais les gars optèrent pour un changement de tactique. Ils décidèrent que l'objectif de leur mission de sauvetage serait plus modeste et durent adopter une méthode différente. Toutes sortes d'euphémismes furent proférés, mais la vérité était que José et sa grosse artillerie sub-atomique avaient rendu tout le monde nerveux, y compris Robert. Jusqu'à ce qu'ils fussent en mesure de se faire reconnaître comme « ami » ils demeurèrent groupes et à couvert.

Ils leur fallait se replier sur le plan B, qui par ailleurs était déjà à l'œuvre [1].

---

employer le mot « passé »). C'est un NJV dans un CJV (chapitre d'un journal de voyage). Ce qui en fait une sorte de NJV au deuxième degré, ou puissance deux (NJV^2).

1. L'astucieux lecteur aura dû noter que dans ce chapitre ce qui se trouve entre le deuxième et le dernier paragraphe coïncide temporai-

J'ai vu un alignement de trous de la taille d'un ongle de pouce piqueter le train d'atterrissage (Chapitre 19).

Ci-dessus ce que je vis. A présent je mets en sommeil ma Faculté d'Observateur Omniscient (pour la dernière fois) et nous entraîne là où je ne me suis jamais rendu :

L'atmosphère de la cabine venait à peine d'absorber l'assaut gastrique de Robert qu'une salve du 45 de José découpa l'avion de la tête à la queue (Chapitre 20).

Ceci est un événement perçu simultanément par la même personne à partir de deux points de vue différents. Pas facile à développer même dans un récit direct.

Il n'est pas dans mon intention d'éprouver la patience du lecteur en ramenant tout ceci aux Différentes Interprétations de la Mécanique des Quanta ou à son concept d' « éditions ». Ce serait faire dans la surabondance pour ne pas dire dans la répétition. Le lecteur(rice) est cependant libre de procéder aux associations qu'il ou elle désire.

> *Un temps qui s'écoule identique pour tous les observateurs n'existe pas. A présent, bientôt, et simultanément sont relatifs au cadre de références de l'observateur.*
>
> (Albert Einstein)

---

rement avec une partie du précédent chapitre où était traitée ma perception des activités antiaériennes sol-air de José. Ce même événement a été observé à partir de deux différents points de référence. Qu'il me soit alors donc possible de les traiter sur deux chapitres.

21

AVEUGLES BANDITOS

Il s'en est passé des tas... Eh, attendez un peu, j'aime ça : *il s'en est passé* des tas. Tout à fait sub-atomique ce concept. Quelle que soit la vitesse avec laquelle vous répétez : « il s'en est passé des tas », vous ne le direz jamais assez vite pour rendre caduque l'affirmation[1].

Bien sûr, certains scientifiques, au nom de Considérations Cosmologiques, pourraient fournir une explication. Par exemple, ils pourraient soutenir que le temps où vous *attendez* entre les répétitions de « il s'en est passé des tas » importe peu, pour peu qu'il s'en soit vraiment passé. Ces deux concepts — « il s'en est passé des tas » et « si toutefois il s'en est passé » — peuvent à première vue présenter de sérieuses différences. Mais il n'en va pas nécessairement ainsi. Ce que vous voyez dépend tout autant de l'endroit où vous vous tenez que de ce que vous avez en vue.

Les cosmologues semblent pencher pour une vue élargie des choses alors que nous autres Enthousiastes Sub-atomiques nous mettons à loucher et à nous

1. Je fais évidemment allusion à toutes choses se produisant entre chaque répétition.

écraser le nez à force de vouloir accommoder au plus près la Réalité Sous-Jacente. Si un cosmologue accepte un séminaire de réflexion avec un Genre de Mec Subatomique comme moi, la rencontre se fera probablement à mi-chemin dans la Twilight Zone de nos deux Points de Vue du Monde. Cette Twilight Zone (à nos yeux), sera le monde que nous connaissons tous : le Monde des Bananes, des Banditos, des Contra-Banditos, des Seigneurs de la Dope.

Quoiqu'il en soit, il y a une semaine environ, José, High Pockets et moi-même campions dans un énorme conduit d'égout juste à la sortie de Tijuana avec deux douzaines de clandestins dans l'attente de l'Amérique. Nous avions quelques heures à tuer avant de passer la frontière au pas de course. José pensa donc qu'il était de son devoir de tenir une conférence devant ces pauvres paysans afin de placer leurs misérables existences dans leurs propres perspectives.

Puisque tous, nous étions compagnons de voyage, José entreprit d'approfondir le concept de voyage. Il expliqua d'abord que la réalité est un Continuum Espace-Temps, et que traverser d'un bond la frontière des Etats-Unis est un exemple de voyage dans l'espace. Donc pourquoi, puisque espace et temps sont des aspects du même quelque chose, ne pas envisager la possibilité d'un voyage dans le temps ?

A voir José dans l'embouchure de l'égout avec bouteille de mescal et mitraillette Thompson en mains, divaguer sur le Voyage dans le Temps, rendait nerveux quelques-uns des clandés mexicains. Certains tentèrent de s'esquiver sans se faire remarquer, mais High Pockets assis à côté de José découragea ce genre d'entreprise en montrant les dents et en grondant sourdement, l'air menaçant.

José avala une rasade de mescal et alla au fond des choses. Le déplacement dans le temps au sein de l'Univers Macrocosmique suit une seule direction, expliquait-il. Du passé au futur en passant par le présent.

Une pause lourde de sens, ponctuée d'un rot.

— C'est une illusion, reprit-il, puis il se livra à une analyse poussée de la Théorie de la Relativité particulière d'Einstein.

— Rien dans l'univers n'est absolu, affirmait-il, hormis la vitesse de la lumière.

D'ailleurs, comme pour prouver que la vitesse est relative (dans son système coordonné), plusieurs étranges choses se mirent à se produire d'elles-mêmes — telle une dilatation du temps.

A ce moment précis, la pluie se mit à tomber. Tous, nous étions à l'abri de l'averse sauf José qui allait et venait devant la bouche d'égout, gesticulant avec sa bouteille de mescal. Les autres clandés le regardaient ahuris alors qu'il reconsidérait l'œuvre d'Einstein.

— Une des meilleures preuves que nous ayons de la dilatation du temps, poursuivait José, c'est le comportement des muons qui se forment quand certains rayons cosmiques bombardent notre haute atmosphère. Ce sont des particules sub-atomiques extrêmement rapides. Certains se déplacent à 99 % de la vitesse de la lumière. Ils ont également une existence très brève, si brève qu'aucun ne devrait espérer atteindre la surface de la terre avant d'être désintégré en de nouvelles particules sub-atomiques. En fait, beaucoup y parviennent.

José acheva sa bouteille de mescal, la jeta par-dessus son épaule. Il pleuvait comme vache qui pisse à présent et l'eau dégoulinait de son chapeau comme un rideau. Il fut obligé d'élever la voix. S'adressant à nous, son auditoire, il se mit à hurler : les muons *vivent* sept fois plus longtemps qu'ils ne le feraient s'ils restaient immobiles et c'est à cause de la dilatation du temps.

— Ça, ajouta-t-il, c'est plus ou moins vrai pour toutes les entités sub-atomiques, pour tous les Banditos Cosmiques.

Il y eut un violent coup de tonnerre.

L'averse redoubla d'intensité.

José fut dans la lumière d'un clair-obscur sous l'explosion d'un coup de tonnerre.

Cet effet spécial rendit les clandestins encore plus nerveux. Certains se signèrent, d'autres désignèrent José du doigt en murmurant : « El diablo ».

Finalement José fit un retour à la philosophie du clandestin. Pourquoi s'évertuer à vouloir franchir une frontière fortement protégée, demanda-t-il, alors qu'il y a seulement quelques années, disons un siècle, elle était absolument sans obstacle ? Si on pouvait trouver un puissant champ de gravitation comme un Trou Noir — José rugissait afin de couvrir le vacarme — on pourrait détraquer la structure Espace-Temps, mettre la main sur un Système Coordonné plus souple, passer la frontière sans se presser et prendre une diligence jusqu'à Sausalito, puis revenir au Système Coordonné actuel et comme ça, les gars, vous pourriez cueillir les bananes[1] ou n'importe quoi et le reste d'entre nous

1. José n'avait jamais visité Sausalito, il ignorait donc que les bananes n'y poussent pas.

pourrait s'occuper de cette affaire décisive : le père de Tina !

C'était énorme, je le reconnais, mais José jouait son rôle. Il s'attacha aussitôt à l'histoire de la famille de Tina[1]. A peine eut-il entrepris la démonstration du concept de la nymphomanie de Tina, que je perçus un grondement venu de l'égoût. Evidemment quelqu'un avait ouvert une vanne. Alors que je me retournai pour voir de quoi il en retournait, je fus frappé par un flot de détritus et perdis connaissance.

Lorsque je revins à moi, il faisait grand jour et je me trouvai à l'arrière d'une limousine suivant le « Today show », télévisé, un verre de champagne à la main.

Je fermai les yeux[2], me massai les tempes. J'entendis un éclat de rire. « Merde », me dis-je, puis j'ouvris l'œil droit. Non seulement je me tenais toujours à l'arrière de la conduite intérieure, mais une fille en bikini était assise à mes côtés, tenant également une coupe de champagne.

— Tina, c'est vous ? murmurai-je, pensant me trouver dans quelque étrange Branche Alternative de la Réalité où mon chemin croisait celui de Tina de façon normale. Sans doute venions-nous de nous marier ? Ou bien nous partions en balade ? Mais pourquoi était-elle vêtue d'un bikini. Il me semblait que la limousine appelait un accoutrement plus conventionnel. D'un autre côté...

1. Vu du futur, en regardant derrière moi, il m'apparaît que le braquage de la famille de Tina a quelque chose à voir avec la Genèse, quelque chose comme : « Au commencement était le braquage de la famille de Tina. »

2. Avec les années, je me suis aperçu qu'en fermant les yeux je pouvais venir à bout de la plupart des hallucinations.

— Je ne m'appelle pas Tina, mais Marcy, fit la fille en éclatant de rire.

— Ah ! répondis-je — je restai pensif. Ecoutez, euh, Marcy, vous pourriez me mettre au courant de certaines choses. Par exemple : où sommes-nous ? Où allons-nous ? J'ai passé une mauvaise nuit hier.

— Bien sûr, nous allons nous promener à Newport.

— Nous balader, répétai-je.

La tête me tournait encore, je bus donc une gorgée de champagne pour m'éclaircir les idées.

— Votre ami, c'est vraiment un tordu, fit-elle en éclatant de rire à nouveau.

— Mon ami ?

— Ouais, ce crétin avec le chapeau qui fait peur.

Je regardai devant moi. Le chauffeur de la limousine portait un sombrero.

Assis à ses côtés, se tenait un chien bizarre à langue pendante.

— José ? fis-je à tout hasard.

Je me demandais si j'étais toujours cette Edition de moi-même dont nous avions entendu parler pour la dernière fois lorsqu'elle se trouvait assise à l'embouchure d'un égout au Mexique en compagnie d'une bande de clandestins dans l'écoute d'un José tenant conférence sur la Théorie Quantique du Temps et du Déplacement.

Le chauffeur se retourna et sourit — c'était bien José.

— Como estas, hermano ? s'enquit-il.

— No sé, répondis-je.

High Pockets aboya et explosa en une crise d'éternuements.

Je laissai échapper un soupir de soulagement en m'adossant à mon siège.

Je n'ai toujours pas saisi comment nous avions franchi la frontière, ni d'où venait la limousine de Marcy, mais je sais que nous avons passé deux jours merveilleux à Newport Beach, Californie.

Bien que toujours fauchés, grâce à José, on s'en tira très bien. Il avait pris la précaution, avant de passer la frontière, de remplir ses poches (et son sombrero) de Mexicaine. Nous avons passé une bonne partie de la nuit à fumer des joints, plongés dans un bain chaud avec celles qui traînaient dans le coin, et l'essentiel du lendemain à se traîner sur la plage.

José était populaire auprès des enfants. Il eut même droit à une ovation debout pour le style avant-garde de sa tenue Bandito Surfing. Il avait attaqué la vague vêtu de son caleçon Fruit of the Loom, cartouchières entrecroisées et sombrero. Puis il avait entrepris d'épater l'équipe de surf locale en chevauchant sans faiblir des vagues de trois mètres, pratiquement contre la digue ; un coin appelé le Piège.

D'un autre côté, High Pockets connaissait des problèmes. Il n'aime pas les caniches (moi non plus) et le coin en était infesté. Une demi-douzaine de ces petits cons lui était tombés dessus alors qu'il éternuait sur la plage. Si le lecteur a imaginé High Pockets un tant soit peu timoré, laissez-moi faire une mise au point.

High Pockets peut être impressionné par les jaguars, les Banditos Bagarreurs, les vieux Indiens qui rotent bruyamment, les Fédérales affolés et le tir d'artillerie, mais les chiens le laissent froid — particulièrement ceux qui arborent des petits rubans dans leurs petites mises en plis.

Le combat de chien fut net et précis. Qu'il suffise de dire que les salons de toilettage pour chiens (pour ne rien dire des vétérinaires) furent ce jour-là très occupés[1].

Je me livrais à une discrète enquête concernant Tina, m'imaginant qu'elle s'était sur la route du retour sans doute autorisée une petite pause sexuelle à Newport, mais pour vous avouer la vérité, j'ai eu du mal à saisir l'anglais courant qu'ils parlent par ici.

Par exemple, je n'ai pas réussi à savoir si Tina était tubeuse ou non-tubeuse puisque je n'ai aucune idée de ce que signifie le concept du tube[2].

Quoi qu'il en soit, José, High Pockets et moi-même avons passé ces derniers jours sur la route et avons gagné San Francisco aux portes de Sausalito.

Financièrement démunis, nous avons trouvé refuge dans une Mission pour Alcooliques et Athées. En vue d'obtenir de quoi manger, nous avons été contraints d'assister à une stupide conférence sur Dieu et ce qu'Il nous réserve.

Ils ont refusé de nourrir High Pockets bien qu'il se soit tenu assis durant la conférence comme tout le monde. A ce sujet, j'ai eu des mots avec les imbéciles qui dirigent l'établissement. Ces gens estiment qu'High Pockets étant chien, il n'a pas d'âme et que donc il ne mérite pas sa subsistance.

1. Comme je l'ai indiqué, José et moi-même aimons les chiens, mais nous sommes de ceux qui estiment que les caniches sont présentement une espèce de rongeurs.

2. J'ai vainement tenté de savoir si oui ou non le concept de tubage tient au concept de singularité — ce qui se produit à proximité du centre d'un Trou Noir, là où des forces gravitionnelles infinies compressent la matière jusqu'à son volume zéro, détruisant de la sorte l'essence même de l'Espace-Temps.

Par bonheur, José était en train d'expliquer la Théorie des Quanta à un travailleur agricole hispanique et le point de vue du soi-disant missionnaire concernant High Pockets lui échappa [1]. José l'aurait tué sur place [2]. José et High Pockets s'entendent comme larrons en foire en dépit de la barrière linguistique (ainsi que je l'ai indiqué, High Pockets ne comprend pas l'espagnol).

Il est convaincu d'une chose dont j'ai dû reconnaître la pénible réalité : si dans la vie tu ne peux compter qu'un seul allié ou ami, que ce soit un Bandito (High Pockets et moi-même sommes de la même famille, et non amis de ce fait).

Malheureusement les Vrais Banditos se font de plus en plus rares, à cause du progrès de la civilisation sur la vie sauvage et tout ça. Le Vrai Bandito rejette le soi-disant « progrès » et les encombrements pollués des villes. Comme il vous l'expliquera, une ville n'est bonne qu'à une seule chose : l'accouplement. Il descend donc en ville une ou deux fois par an, chasse dans le coin tel le magnifique prédateur qu'il est, s'y accouple autant de fois que possible puis retourne à son habitat naturel, la jungle, laissant généralement derrière lui un impressionnant déploiement de femelles hors d'haleine.

Bien évidemment la raison profonde de la mission que nous accomplissions interdisait toute attitude de ce type. José et moi-même savons très bien que nous

1. Bien que José ne comprenne pas l'anglais, je suis sûr qu'il avait su interpréter mes vociférations, mes gesticulations et les bruits intestinaux de High Pockets.

2. José avait dû abandonner sa mitraillette Thompson à Mexico, mais il avait conservé son 45 automatique et moi, mon 9 mm. Pépé, notre petit âne, trouva un agréable foyer dans une ferme aux environs immédiats de Tijuana.

sommes trop près du père de Tina pour pouvoir penser à la chair.

Nous avions envoyé notre dernier message à tout le groupe (n'oublions pas Tina, Tom et Gary), il y a deux jours et étions dans l'attente d'une réponse (dans le *San Francisco Chronicle*), avant de faire mouvement vers la Tuerie sub-atomique, façon de parler. Ce matin, nous avons eu la réponse — la voici :

Mr. Quark. Dîner demain à 20 heures. En toute simplicité.

Pour faire face à tout ce que nous avions à faire, il nous fallait de l'argent. Donc High Pockets et moi-même, nous nous sommes rendus sur les quais. Je me suis assis dans les saletés avec écuelle en étain, lunettes noires et High Pockets (dans le rôle du chien d'aveugle). J'y mendiais environ 20 dollars. José s'en est emparé, et Dieu le bénisse, nous a rejoints à la Mission avec près de 200 dollars. Il ne m'a pas dit comment il s'y était pris, mais à le voir nettoyer son 45, j'ai ma petite idée.

Après une interminable discussion, José et moi-même, nous nous sommes mis d'accord pour passer prendre Gary, puisqu'il habitait San Francisco. L'avenir paraissait très incertain et nous pensions que c'était notre seule façon de nous montrer courtois. Malheureusement notre visite à Gary ne s'est pas passée exactement comme prévue.

L'adresse de Gary se trouve dans un quartier appelé Noe Valley. Nous nous y sommes égarés (à cause de José), avons été virés, une fois de plus, d'un bus (à cause de High Pockets), avant de dénicher cette adresse. Après deux heures de planque, Gary a fait une apparition (je savais que c'était lui) ; il a descendu la rue, a pris un bus.

High Pockets, José et moi-même le suivions subrepticement.

Il est descendu du bus à l'improviste, nous obligeant, pour nous frayer un chemin vers la sortie au fond, à faire des pieds et des mains comme des malades avant que la porte ne se referme. Nous sommes passés de justesse.

J'ai jeté un coup d'œil alentour avec une pointe d'énervement. Gary s'approchait de moi d'un pas tranquille et m'a demandé du feu. Je l'observais de près tout en affectant de chercher une allumette. Vingt ans ou vingt et un ans environ, cheveux blonds, coupés courts, la silhouette frêle. Il portait des jeans moulants, un maillot mauve, des bottes de cow-boy et des bracelets de cuir assortis. Vous avez compris — Gary était un homosexuel flamboyant.

Ce n'était pas de bon augure. Je réfléchissais sur la façon de lui demander si Tina, ou sa rouerie, l'avait poussé à l'homosexualité. Il était vital pour moi de savoir si j'avais la responsabilité du changement brutal survenu dans la manière de vivre de Gary. Mes messages adressés depuis l'Amérique du Sud l'avaient-ils jeté dans les bras d'une sexualité folle furieuse ? Il y avait tant de choses qu'il me fallait savoir.

Gary a jeté un coup d'œil sur José, puis sur moi, et a souri.

— Nouveaux en ville ?

— Ouais, dis-je, puis j'ai traduit la question pour José.

— Si, si, a fait José.

— Venez, je vais vous servir de guide.

Il a remonté la rue, qui évidemment regorgeait d'homosexuels. José avec son merveilleux Point de vue Enfantin sur le Monde ne remarqua rien jusqu'à ce que Gary nous entraîne dans son bar cuir appelé le *Crisco Disco West*.

José y fit immédiatement sensation. Il était bien sûr toujours vêtu de sa tenue Bandito en cuir sauvage agrémenté de son sombrero et de ses cartouchières lourdes de balles de 45.

— Fabuleux !

— Divin !

— Je vais m'évanouir !

— Macho un max !

Et ainsi de suite.

D'abord José n'a rien compris. Il souriait en hochant la tête. Presque tout le monde dans la salle portait des cuirs cloutés et des chaînes, aussi José demeurait-il vigilant — Gary nous a apporté des bières, José l'a remercié, puis m'a demandé si à San Francisco tous les mecs étaient aussi rudes qu'ici.

— C'est un hispanique !

— Vous l'avez entendu parler ?

— Quelle bête !

Et ainsi de suite.

High Pockets a été la proie d'une crise d'éternuements. Sans doute provoquée par l'odeur entêtante du parfum et du cuir. Je devenais très nerveux. Je voulais m'entretenir avec Gary de questions vitales mais je savais que lorsque José réaliserait de quoi il en retournait, il se produirait de sérieux ennuis. De gros ennuis.

Mon attente n'a pas été longue. Un homosexuel a demandé du feu à José, excitant la jalousie d'un autre homosexuel, ce qui a agacé les amis de l'homosexuel, ce qui a provoqué une réaction d'homosexuel en chaîne, et toute la salle est entrée en branle.

A cet instant Gary a posé sa tête sur la massive poitrine de José en murmurant :

— Ramène-moi à la maison.

High Pockets et moi-même qui avions prévu la suite, plongions à couvert.

— Maricon ! rugit José, mais ce mot ressemblait plutôt à l'appel d'une corne de brouillard.

Il a sorti son pistolet et a entrepris de cribler le *Crisco Disco West.*

Je comptais les coups — je savais qu'il gardait toujours une balle supplémentaire dans la chambre. J'ai donc compté jusqu'à 8. J'ai entendu José blasphémer tout en tentant de recharger en puisant dans sa cartouchière. High Pockets et moi-même avons jailli pour évaluer les dégâts. José n'avait encore blessé personne. Et tout en sachant qu'il se contenterait de faire de la fumée, je savais aussi que la police ne se montrerait pas compréhensive. Je l'ai agrippé, cherchant à le traîner dehors, le suppliant de se montrer raisonnable, lui rappelant qu'il avait une tâche importante à accomplir. Prononcer le nom du père de Tina a provoqué le déclic. Nous nous sommes précipités dans un bus à l'arrêt de l'autre côté de la rue. Partout des homosexuels hurleurs donnaient à la scène quelque chose de surréel, d'apparence sub-atomique presque [1].

José avait l'air de boiter. J'essayais donc de soulager ses jambes dans l'assaut du bus. Gary se tenait enroulé

1. Que vous excitiez une Particule Sub-atomique, *ou bien* un homosexuel, le mouvement se fait davantage frénétique et plus hasardeux.

autour de la jambe droite de José, la serrant dans une étreinte mortelle, pleurnichant qu'il se donnerait la mort si José le laissait tomber.

José a sorti son 45 avec l'intention évidente d'abréger le calvaire de cette pauvre lope, mais je me suis saisi de Gary, lui ai fait lâcher la jambe de José, l'ai jeté hors du bus.

— Pas de chien, a dit le chauffeur, faisant allusion à High Pockets.

Il a ouvert les portes. Gary s'était relevé, et relancé à notre poursuite. Les sirènes gémissaient, les homosexuels hurlaient.

— C'est un chien d'aveugle, j'ai fait au chauffeur.

Peu auparavant, lorsque j'avais eu besoin d'argent, cette idée avait marché. Le chauffeur, un noir à l'air avenant, porteur d'un béret, a plissé les yeux de méfiance.

— Vous êtes pas aveugle.

— Non, mon ami est aveugle (en désignant José d'un signe de tête).

— Non, il est Mexicain.

Gary prenait le bus d'abordage, le regard égaré par la passion. Je lui ai balancé un coup dans l'estomac, lui sauvant la vie (José avait ressorti son arme), et l'ai envoyé voltiger dans la grondante émeute homosexuelle.

J'ai tiré mon 9 mm et pointé sur la tête du chauffeur.

— J'ai bien peur d'avoir à prendre les commandes de ce véhicule.

— D'ac.

— Continuez.

— Quelle direction ?

— Sausalito.

La Théorie du Champ Unifié d'Einstein était une tentative pour unir le Réel Macrocosmique au Réel Sub-atomique... — pour Einstein le point culminant de toute une vie consacrée à la recherche et qui visait à découvrir un ordre dans un univers en apparence livré au désordre et au chaos... La plupart des physiciens s'accordent pour juger qu'il a totalement échoué.

(Gary Joukov)

22

SAUSALITO BANDITOS

1re PARTIE

Ça faisait maintenant plus de deux mois que José et moi-même avions eu notre explication avec le père de Tina, mais jusqu'à présent j'ai été trop bouleversé pour pouvoir écrire quoique ce soit là-dessus. José, Dieu le bénisse, s'est occupé de moi et m'a rendu la santé mentale, et je commence à me sentir mieux à même d'affronter la vérité et toutes les conséquences de ces événements passés.

J'ai lu ce manuscrit à José il y a peu, et tous deux avons estimé qu'il me fallait le compléter. En le relisant à présent, avec un léger recul entre moi-même et les événements décrits, avec une certaine distance psychologique, il m'est évident que cette histoire est un vrai guide pour Ames Perdues. Nous développerons cela ultérieurement. Avant tout laissez-moi décrire nos avatars à Sausalito et à Berkeley, en commençant là où j'en étais resté, à l'attaque de l'autobus.

Voilà où nous en étions : à l'arrêt brièvement alors que José faisait descendre les passagers et que deux repoussants homosexuels à demi fous tentaient de nous prendre d'abordage. Nous nous sommes débrouillés pour nous tirer de l'émeute juste au moment où surgissait la police. J'ai ensuite obligé le chauffeur à quelques manœuvres afin d'échapper à une possible filature. J'avais toujours l'étrange impression de nous trouver sous la surveillance sinon sous le contrôle de cette force qui s'était matérialisée au Mexique au travers de ce vieux bi-moteur Beechcraft. Et cette force était d'une quelconque manière liée (de façon subatomique sans doute possible) au père de Tina.

José et High Pockets, innocents comme ils l'étaient, se penchaient par la fenêtre, jouissant de la fraîcheur de l'air, du spectacle du Golden Gate Bridge qui se précipitait à notre rencontre, et du soleil couchant au loin sur le Pacifique. La langue d'High Pockets entièrement déroulée, incroyablement longue, flottait au vent, parfois elle claquait telle le fouet d'un dompteur de fauves. José, un bras passé autour du cou d'High Pockets, souriait de ravissement. L'on aurait dit des mômes en route pour leur colonie de vacances d'été plutôt qu'un couple de desperados en partance pour l'Inconnu.

— Quelle sortie ? a demandé le chauffeur.

— Sausalito.

— Y a deux sorties.

— Merde.

— Livre-toi à la police que ça arrangera tes affaires.

Je me suis mis à rire.

— On se ferait tirer dessus à vue.

— Z'avez fait quoi, bordel de Dieu ?

— Tu viens de le dire, un bordel de Dieu ! On a plus rien à perdre.

— Pourquoi aller à Sausalito.

— C'est une longue histoire.

— Quelle sortie ? v'là la première. (Il riait.) Ouaouh, v'là la première.

— On se tire à la deuxième.

— D'ac. En passant, c'est Rafer mon nom.

— Salut Rafer.

— Ouaouh, on y va.

Rafer quitta l'autoroute et sur mes indications se dirigea un peu au hasard dans les faubourgs de Sausalito tandis que José et moi-même nous partagions une pinte de tequila au fond du bus tout en décidant de la suite à donner.

Nous avions près de 24 heures à tuer avant notre rendez-vous pour le dîner avec le père de Tina (et toute la famille, très certainement), et comme je n'avais encore jamais visité ce coin de la Baie, je demandai à Rafer s'il avait une suggestion à émettre devant deux types qui question distraction aiment se distraire.

— J'ai faim, fit Rafer en guise de réponse.

Il s'avérait que tout le monde avait faim, Rafer ralentit donc le bus devant un restaurant italien du genre tenu par la famille juste à la sortie de la ville. Il gara le bus derrière la bâtisse hors de vue depuis la route.

— Juste en cas, fit-il en rajustant son béret.

— En cas de quoi ?

— En cas où la police viendrait, verrait pas le bus. (Il s'aida d'une rasade de tequila.) Avez volé un bien d' la -cipalité et enlevé un imployé -cipale.

— C'est exact, fis-je.

J'avais oublié. J'aurais dû me rendre compte que je me mettais à perdre le sens de la réalité, mais Rafer était mal placé pour me corriger. Moralement il s'était déjà intégré de lui-même dans notre organisation, et se comportait comme s'il avait été pendant des années un associé dans des activités criminelles.

— Avez l'air de quelqu'un qu'a besoin d'un peu de repos, me dit-il alors que nous prenions place pour dîner. J' m'occupe de penser pour vous un moment.

— D'ac, je dis.

2e PARTIE

Après le dîner José et Rafer ont falsifié les numéros des plaques d'immatriculation du bus afin de pouvoir faire tranquillement la route de nuit. Nous avons piqué une caisse de Cuervo Gold, roulé quelques joints et pris la route.

Le dîner achevé, j'avais mis Rafer au courant de notre situation vis-à-vis de la loi, du Phénomène Subatomique et du père de Tina. Il voulait en être.

José et moi en avons discuté (en espagnol), et sommes tombés d'accord considérant sa parfaite connaissance de la région où il avait été amené à beaucoup rouler. Son degré d'enthousiasme le rendait acceptable et il aimait les chiens. Côté négatif, il semblait incapable de saisir le côté le plus élémentaire de la Physique Moderne. Mais la nuit ne faisait que commencer et assez vite Rafer nous fit part d'une idée séduisante aux yeux de José et de moi-même.

Je me souviens vaguement du plan de débarquement de Rafer. Nous devions commencer par fumer des joints et lamper de la tequila. Puis nous nous mettrions en quête de la maison de famille de Tina, effectuerions plusieurs passages devant celle-ci à bord du bus. La dernière phase du plan Rafer était magistrale. Il nous faudrait trouver Tom et l'amener à se joindre à nous pour une nuit de dissipation et de débauche. Naturellement sans lui révéler avant le moment choisi qui nous étions. Entre-temps Tom aurait sans le savoir remis en place de nombreuses pièces du Grand Puzzle.

Ça paraissait résister à l'épreuve de la folie, malheureusement les choses ne se sont pas passées exactement comme prévu.

Fumer de la marijuana et boire de la tequila ne posèrent pas de problème, puis on entreprit de localiser la demeure de la famille de Tina ; Rafer tenait le volant. La coordination entre ses yeux, ses mains et les possibilités mécaniques en général était sérieusement altérée. Il continuait de se croire au volant de son Impala 64 au lieu d'un bus municipal de 15 mètres de long aux caractéristiques nettement autres.

Rafer avait prétendu connaître presque parfaitement Sausalito, mais il devint évident que sa mémoire avait lâché devant un carrefour décisif ou à un autre lorsque je compris que nous nous trouvions sur le Golden Gate Bridge de retour sur San Francisco. Quand j'en fis la remarque, Rafer effectua un spectaculaire virage en épingle à cheveux et fila vers Sausalito.

3e PARTIE

Nous avons décidé d'abréger la mission de harcèlement de la demeure familiale de Tina et de localiser Tom. Je donnai son adresse à Rafer.

Il loucha, ajusta son béret.

— J' veutuer.

Une façon chez Rafer de réclamer davantage de tequila. José lui tendit la bouteille.

— Ouaouh, fit Rafer après une bonne dose.

Cette expression « Ouaouh » était visiblement à usages multiples et faisait penser au « Raaah » de José qui elle aussi pouvait signifier beaucoup de choses.

Quoiqu'il en soit, dix minutes plus tard nous nous garions devant un immeuble dominant la baie de Sausalito. Rafer fit jouer l'avertisseur une demi-douzaine de fois. Les phares balayaient sur toute sa longueur une calme rue pour classe moyenne.

— Seigneur, arrête ça, dis-je. Faut y aller un peu en douceur par ici.

— J' veutuer, fit Rafer.

— Tu tiens le bon bout, répondis-je.

— Ouaouh.

— Comment on s'y prend pour faire sortir Tom de là, m'enquis-je sans m'adresser à quiconque en particulier.

— Qu'on monte et qu'on invite le crétin à sortir, proposa Rafer. Si dit non, qu'on lui tape dessus et qu'on lui taxe sa stéréo, ouaouh.

Je traduisis le programme à José. Il acquiesça avec entrain :

— Si, si.

Nous sortîmes tous, y compris High Pockets. Le code numérique de la porte d'entrée était complètement farfelu (l'endroit aurait pu s'appeler Sub-atomique Résidence). Il nous fallut près de vingt minutes pour trouver l'appartement de Tom.

— Attendez une seconde, fis-je.

J'avais surpris notre reflet dans les fenêtres de Tom

aux rideaux tirés. Un fugitif portrait de groupe pour ainsi dire.

Tout le monde se tenait fin prêt pour faire bonne impression. Rafer dans son uniforme de chauffeur de bus, avec béret et bouteille de tequila sur la droite. Puis High Pockets, sa langue fluorescente, pendante jusqu'au sol. Moi, ensuite. J'avais l'air un peu bizarre, un je ne sais quoi dans le regard, me dis-je [1]. José se tenait à l'extrême gauche du groupe, ressemblant au Bandito Pleine charge qu'il était. Je me demandais ce que penserait Tom en ouvrant la porte et en nous découvrant sur son perron. Pour le savoir, il n'y avait qu'un moyen. Je frappai donc à la porte, reculai afin de reprendre ma place indiquée ci-dessus dans le portrait de groupe.

4e PARTIE

La maison était vide. Pour une raison quelconque, j'étais pris de court par ce scénario.

Rafer, Dieu le bénisse, prit aussitôt le commandement. En quatre secondes il ouvrit le verrou de la porte de Tom ; nous nous faufilâmes et refermâmes.

Je fus impressionné par l'appartement de Tom, en grande partie meublé d'éléments en bois naturel

1. En la matière la vérité est la suivante :

J'ai commencé par voir des Particules Sub-atomiques. Elles fonçaient à travers le Continuum Espace-Temps en laissant derrière elles de petites traînées empourprées. Celles qui traversaient mon organisme faisaient qu'invariablement je me trémoussais, me tortillais et riais nerveusement. Je n'ai jamais mentionné ceci devant quiconque, pas même José.

(robuste et non sans intelligence) ; figuraient également en nombre suffisant de superbes plantes vertes. Les tableaux et objets d'art indiquaient que Tom jouissait d'un Point de vue sur le Monde normal et viril. Je m'étais fait du souci, craignant d'avoir provoqué chez lui quelques horribles désordres psychologiques, ainsi que j'en avais déclenché chez Gary, mais son intérieur prouvait qu'il était sorti relativement intact de mon prosaïque bombardement sud-américain.

— Ouaouh, ne cessait de répéter Rafer en procédant à l'inventaire des biens de Tom. Bonnes choses qu'on rapporte dans le bus. Qu'on prend tout sauf la chiotte.

Il but une rasade de tequila.

— Que je trouve des outils et peut-être qu'on peut l'embarquer aussi la chiotte.

José et High Pockets pillaient le réfrigérateur.

— Quieres comer, demanda José.

Je lui répondis que non, je n'avais pas faim. Il me passa une bouteille de tequila. Je m'installai donc et essayai de me détendre. J'allumai la télé en usant de la télécommande et m'efforçai de rassembler mes esprits. José et High Pockets me rejoignirent sur le canapé et entreprirent de se caler les joues avec des restes et des sandwiches improvisés.

— Raaah, fit José.

— Ouaouh, renchérit Rafer depuis la salle de bains.

A ce moment précis la porte s'ouvrit brusquement et Tom entra en coup de vent, porteur d'un sac d'épicerie. Il se trouvait à mi-chemin de la cuisine quand il prit conscience des problèmes. Il jeta un coup d'œil sur le canapé et remarqua un Bandito pointant un 45 automatique sur lui, un chien étrange qui montrait les dents, une tranche de fromage accrochée à sa mâchoire inférieure, et moi, mon 9 mm et ma Mauvaise Humeur Sub-atomique. Il jeta un coup d'œil sur la cuisine et remarqua un chauffeur d'autobus municipal psychotique tenant un couperet à viande.

D'après l'expression du visage de Tom je pus déclarer qu'il nous fallait renoncer à l'idée d'une virée nocturne en ville. Il nous regarda un par un, s'arrêta sur moi.

— C'est vous, c'est ça, le Fou d'Amérique du Sud ?

— Oui, dis-je.

— Mon Dieu.

— Assis.

— Oui, m'sieur.

Tom posa ses achats et s'assit, suffoqué, sur une chaise de la salle à manger. José, Rafer, High Pockets et moi-même nous attablâmes à ses côtés.

— Qu'on peut peut-être l'attacher, suggéra Rafer.

— Pas encore (je reprenais possession de mes facultés). Tom, repris-je doucement, nous avons des choses à voir ensemble, vous me suivez ?

Il était ahuri.

— Euh... je, je ne sais pas.

José releva son 45 et le pressa sur la tête de Tom.

— Par quoi on commence ? demanda Tom avec impatience.

— On commence par Tina, d'ac ?

5e PARTIE

Tom craqua au bout de quatre heures d'un interrogatoire intensif. Dans sa chemise et sa tenue de travail imbibées de sueur, il tremblait violemment. José l'aida à regagner sa chambre afin qu'il s'y repose un peu. Il sombra aussitôt dans un profond coma existentiel, incapable pour le restant de la nuit de supporter toute question.

Mes craintes s'avéraient fondées. J'avais ébranlé la psychologie de Tom de fond en comble tout autant que celle de Gary. Tom avait pris ma première lettre (rapportant la trahison de Tina) avec une relative indifférence et ne s'était montré que moyennement curieux de connaître l'origine de la missive.

Il soutenait que les centaines d'autres notes que je lui avais fait parvenir s'étaient égarées avant qu'il en eut pris connaissance, mais je crois qu'il refoulait de pénibles souvenirs. Je crois qu'il les avait toutes lues, qu'il les avait sans doute intériorisées puis enfouies quand sous leur accumulation leur impact lui avait révélé la grande vacuité de son existence. Confronté à la dure réalité de moi-même et de ma bande, tout s'imposait à nouveau avec une précipitation cauchemardesque — d'où le coma.

Tom était agent d'assurances, dans la trentaine, se figurait parfaitement adapté à la vie urbaine. Il conduisait une Porsche de collection pratiquait le tennis, inscrit dans un club ; ce n'était pas un joueur maladroit. Et il avait gagné un tournoi de golf au début des années 80.

Il avait fait la connaissance de Tina dans l'annexe d'un Country Club, et se l'était tapée le soir même dans le bac à sable du douzième trou du parcours. Le lendemain elle partait pour des vacances aux Caraïbes avec ses parents. Tom ne l'avait jamais revue et ne se souvenait qu'à peine d'elle. Quand je traduisais tout ceci à José il laissa échapper un « Raaah », et je savais exactement ce qu'il signifiait. Voilà ce que voulait dire ce « Raaah » en particulier. « Tom est un clown inconscient au milieu de notre Circus Sub-atomique. En toute logique il ne mérite pas de vivre l'étrange situation dans laquelle il se trouve. Tina avait été un moment fortuit sur le tas de sable du douzième trou d'un parcours de golf, rien de plus. Tom payait cher cette désinvolte passade. Il avait été dans l'obligation de renoncer à son Point de Vue du Monde. Un Point de Vue qui se refusait à considérer le hasard et l'absurde comme loi naturelle des choses. Si jamais il sort de son coma, sa vieille perception de la Réalité devra être abandonnée — tristement dépassée. »

José et moi-même, nous tenions dans la chambre de Tom en train de discuter des conséquences de tout cela. José épongeait le front enfiévré de Tom quand nous entendîmes Rafer hurler « Ouaouh » depuis la salle de séjour. Nous vérifiâmes que nous étions armés, et débouchâmes en trombe, prêts à toute éventualité.

La télé était responsable de l'explosion de Rafer. J'y jetai un coup d'œil et compris aussitôt. José lui aussi était stupéfait. L'on voyait une équipe des Services Spéciaux de la Police entourant l'autobus municipal de Rafer, devant la résidence de Tom. Un reportage en direct filmé avec une minicam manipulée par une main hésitante. Je jetai un coup d'œil par la fenêtre sur rue. Ouais, ils étaient bien là, en chair et en os.

Le journaliste rapportait le vol de l'autobus et montrait une photo tête-épaule de Rafer.

— Ouaouh, fit-il.

Là dehors tout le monde se faisait du souci pour sa sauvegarde.

Ils montrèrent des photos d'archives de José, High

Pockets et moi-même, le journaliste nous accusant d'être des terroristes assoiffés de sang.

— Raaah, refit José.

Plusieurs agents fédéraux furent interviewés. Chacun disposait de sa version pour expliquer le vol de l'autobus. Aucun n'approchait de la Vérité Sub-atomique.

6e PARTIE

Ce soir-là nous fûmes obligés de garder bas le profil. Pour finir les *Feds* avaient fait remorquer le bus de Rafer jusqu'au laboratoire de police scientifique de San Francisco sans doute pour qu'il y soit analysé en vue de recueillir des indices, des preuves, des trucs et des machins.

Je suis obligé de donner ce crédit aux *Feds* : ils apprenaient. Tout ce que nous avions laissé dans le bus se résumait à une demi-caisse de tequila et une boîte vide de Milk Bone Flavor Snacks pour Gros Chiens. Partis de ces maigres indices, ils avaient découvert qui nous étions. Il était également possible qu'ils aient interrogé quelques homosexuels du *Crisco Disco West*. Peut-être avaient-ils interrogé Gary — qui sait ? Ce concept présenterait quelque intérêt. Gary n'avait jamais découvert que José et moi-même étions à l'origine de son enrôlement dans la pédalerie. Seul Dieu sait dans quelle sorte de déprime il serait tombé s'il l'avait appris. Son amour sans partage pour José aurait certainement alourdi une situation déjà chargée.

Quoiqu'il en soit, José, High Pockets et moi-même nous nous réunîmes le lendemain sur le coup de midi.

José était exténué d'avoir veillé un Tom toujours comateux.

Nous débouchâmes une bouteille de tequila et entreprîmes de planifier le mouvement suivant. D'après nos constatations, les *Feds* étaient partis tôt dans la matinée après avoir questionné quelques voisins. Nous disposions de huit heures environ avant notre rendez-vous avec le père de Tina, et tous nous voulions accomplir quelque chose d'utile. Rafer voulait attaquer une banque ou un fourgon blindé. José voulait réviser la Théorie des Quanta au cas où le sujet serait abordé durant le dîner. J'avais besoin de m'aérer afin de m'éclaircir les idées et de rassembler mes esprits. On s'entendit sur un compromis. Le voici : nous allions voler une voiture (ce qui ferait plaisir à Rafer), nous mettre en route pour l'Université de Californie à Berkeley (ce qui me ferait prendre l'air). Tom s'était souvenu d'un détail crucial concernant la famille de Tina. Le père de Tina était Professeur de Physique Pleine Charge à l'Université de Berkeley. Nous pouvions nous y rendre et écouter une de ses conférences — puisque José voulait réviser.

Ce programme tout bête donnait satisfaction à tout le monde. Et High Pockets serait très heureux de pouvoir lever la patte sur arbres et buissons.

J'allai donc flâner aux alentours des garages, en quête d'un véhicule présentable. Presque tout le monde dans le coin était parti travailler, sinon les quelques revendeurs de drogues qui traînaient encore au lit [1]. Le

1. Une simple déduction : presque toutes les voitures de luxe qui restent garées la journée (les jours ouvrables) appartiennent à des revendeurs de drogue. Un signe des temps, me semble-t-il.

problème est que ces types en majorité disposent d'un tas d'argent et d'un tas de prétentions, ils choisissent donc de rouler dans des cabriolets. Nous étions quatre, il nous fallait donc une conduite intérieure, une quatre portes de préférence (plus commode pour bondir hors du véhicule). Je finis par dégoter, cachée dans un coin, une Mercedes 280 SEL. Les compétences de Rafer quand il est question de forcer une portière, un antivol et de mettre le contact en arrachant les fils le désignaient pour cet emploi.

L'état de Tom préoccupait José, mais nous ne pouvions pas faire grand-chose. L'idée, c'était de l'installer du mieux possible et d'appeler les médecins à son chevet dès que nous serions hors de portée. Je tapotais le front de Tom en doutant que les soins médicaux ou psychiatriques ne lui soient d'aucun secours ; seul un Thérapeute Sub-atomique terre à terre pourrait lui donner quelques aperçus de la Nature Sous-jacente de la Réalité et replacer ainsi ses problèmes dans leur propre perspective. Je suis convaincu qu'un jour ce genre de traitement sera courant. Les leçons de Bohr, Lorentz et Planck prendront bientôt le pas sur les démences de Freud, Jung et Fromm. Il n'y a là-dessus aucun doute.

7e PARTIE

Le département de la physique de l'université était décevant d'un point de vue architectural. D'apparence ni Sub-atomique ni macrocosmique. Plutôt l'allure d'une vieille bâtisse. José n'y attachait pas d'importance et sans doute avait-il raison, mais j'avais espéré reconnaître un « déjà vu » en approchant de si près un ponte de l'Enseignement Sub-atomique (pour ne pas dire le père de Tina). La vie est faite de déception de ce type. Je laissai José, Rafer et High Pockets (en leur recommandant de ne pas se faire remarquer) et partai en éclaireur repérer l'intérieur de la bâtisse. Du groupe, j'étais le seul à ressembler un tant soit peu à un étudiant et j'étais vaguement inquiet à l'idée que les Fed aient pu piéger toute la zone des Issues Sub-atomiques. L'immeuble semblait tranquille. Je me renseignai donc sur les horaires des conférences, et fus agréablement surpris d'apprendre que le père de Tina en cet instant même donnait un cours de Physique Théorique dans le grand amphi.

Tous les quatre, nous y pénétrâmes aussi discrètement que possible. Par bonheur, l'amphi était immense et à demi empli, nous pûmes donc nous glisser inaperçus entre les derniers rangs de sièges.

Il faisait très sombre dans le fond, mais comme José et moi-même redoutions tout de même que le père de Tina puisse reconnaître José, vivant souvenir du braquage en Colombie, José se tassa sur son siège et rabattit le bord de son sombrero sur ses yeux. Je pris place entre Rafer et José. Là je pouvais traduire rapidement pour José et répondre succinctement aux questions de Rafer. High Pockets s'étendit dans le passage et parut s'endormir.

Le père de Tina était un grand type maigre et osseux, à la chevelure grise distinguée. L'incarnation du Genre de Mec Sub-atomique. Vous étiez sûr qu'il allait allumer sa pipe quelques secondes avant de formuler quelque chose de profond. L'homme en imposait avec sa conférence faite de survol et de silence lourd de sens.

Rafer, Dieu le bénisse, était frappé de mutisme. Il se tenait tranquille, l'œil rond tandis que le père de Tina dissertait sur le Moléculaire, l'Atomique et l'inévitable Sub-atomique.

— Et lorsque nous arrivons au degré du Sub-atomique (la voix du père de Tina résonnait étrangement), que trouvons-nous ? Rien !

Silence lourd d'interrogation.

— Ouaouh, chuchota Rafer.

— Raaah, fit José devant ma traduction.

Pour José et pour moi-même, c'était bien sûr de l'histoire ancienne, mais l'entendre racontée par le père de Tina nous faisait se dresser les poils de la nuque.

— C'est ainsi. Rien. (Sa voix était très basse, très emphatique.) Les particules sub-atomiques constituent tout simplement des « concepts » conçus par l'esprit humain afin d'expliquer l'expérience. Elles n'existent pas dans la réalité, elles ne sont que des « Tendances à Exister ». Pour le physicien, le problème entre autres, est qu'il lui est difficile, sinon impossible de prévoir leurs mouvements, leurs données. Les Particules Subatomiques sont des hors-la-loi du Continuum Espace-Temps. Leur *Modus operandi* est hasardeux, désordonné, cahotique… Phénomène très déconcertant. Pour un physicien classique leur comportement est une abomination, inacceptable même. Combiner cela avec un aspect de la Théorie des Quanta…

La mention de cette théorie fit qu'un cri, bref, féroce, jaillit involontairement de ma gorge et qu'il interrompit la conférence. Le père de Tina s'était tu et jetait un regard scrutateur sur nous. José se tassa davantage, High Pockets se réveilla et se mit à éternuer… certainement la crise la plus forte qu'il eut jamais manifestée. Des éternuements brefs, extrêmement rapprochés, trois à la seconde selon mes calculs, et très sonores. Tout le monde dans la salle avait le regard tourné sur nous.

— Merde, fis-je.

Il n'y avait pas de remède répertorié aux crises d'High Pockets et d'ordinaire je les laissai suivre leur cours. Mais là, il y avait urgence. Je me jetai en travers des jambes de Rafer et me saisis du collier d'High Pockets. D'une main je couvris son museau. Il se débattait et ne cessait pas d'éternuer mais on n'entendait plus rien dès lors que je réussissais à étouffer son orifice à éternuements. Ce qui visiblement déclencha une secrétion d'Adrénaline Canine. Il me tira pardessus Rafer jusque dans le passage, puis se mit à me traîner sur les marches en direction de l'estrade.

J'entendis le « Ouaouh » de Rafer.

Une main prise dans le collier de High Pockets, je relâchai donc son museau afin d'essayer de me libérer. Ce qui rendit possible plusieurs affreux éternuements (dus à la compression), l'obligeant à s'arrêter, à reprendre son souffle. Je dégageai ma main de son collier ce qui malencontreusement me fit perdre l'équilibre. Je tombai en arrière et poursuivis ma descente en roulade jusqu'à l'estrade et au père de Tina. C'était très traumatisant. Je ne voulais pas que notre première rencontre soit brusquée par la Théorie de la Gravitation. Je battais donc des bras en quête de la chose qui arrêterait ma descente. Je la trouvai sous la forme d'une jambe.

Je m'immobilisai avec un bruit sourd, regardai autour de moi, l'air abasourdi. La salle se mit à tournoyer.

High Pockets était toujours en train d'éternuer.

J'entendis José brailler en espagnol que nous ferions mieux d'y aller. A ce moment-là j'ai dû perdre conscience parce que ce dont je me souviens ensuite, c'est mon réveil sur la banquette arrière de la Mercedes volée. Nous faisions bien du 150 à l'heure et partout hurlaient les sirènes de la police.

8e PARTIE

Rafer a entraîné les flics dans une poursuite impitoyable à travers Berkeley, puis a mis cap au nord par une route de campagne sinueuse. Il nous laissa choir à la sortie d'un virage impeccablement négocié sur ses quatre roues. Il affirmait avoir semé les flics — vouloir voler un autre véhicule et être de retour à temps pour notre rendez-vous du dîner. Dans l'attente nous nous cachâmes dans les bois.

Il réapparut à 6 h 30 au volant d'un Coupé de Ville flambant neuf. Il l'avait fauché directement dans une salle d'exposition au plein cœur de Berkeley. Entièrement tailladé d'avoir défoncé la vitrine du concessionnaire, il restait un joli braqueur. Mon intuition le concernant s'avérait fondée. Nous fêtâmes son retour en fumant quelques joints et en absorbant une quantité impressionnante de tequila.

Depuis notre départ de chez Tom nous n'avions rien mangé. Tequila et marijuana nous affamaient davantage et nous rendaient nerveux. Que la mère de Tina ait prévu un repas copieux était mon espoir. Je n'avais pas mentionné la présence d'High Pockets et de José. Rafer ne comptait pas. Je vais vous faire une révélation à son sujet : ce type pouvait avoir un appétit *d'oiseau.*

Quoi qu'il en soit à 7 heures nous étions à point, prêts à retourner à Sausalito pour notre décisive entrevue avec le père de Tina.

Au troisième essai nous réussîmes à quitter l'autoroute en empruntant la bonne sortie et nous nous mîmes en quête de la demeure du père de Tina du côté de Birdbath Lane. Comme prévisible la virtuosité de Rafer au volant était fortement entamée par ce que nous avions consommé dans le bois. Il manqua plusieurs fois Birdbath Lane.

Il était un peu plus de 8 heures lorsque nous débouchâmes à toute allure dans leur allée privée et finir par repasser un Persan blanc endormi sur les dalles. Aimant les bêtes, José et moi-même étions bouleversés par l'événement, mais Rafer et High Pockets étaient passés au-dessus de la Féline Fatalité. Affolés par la faim et l'odeur des steacks barbecudants, ils étaient tout à la fois ronchons et pleurnichards. José enveloppa le mince Persan dans une de ses vestes en daim (il en portait plusieurs couches), et le mit de côté en prévision d'un enterrement à venir.

Je tremblais légèrement lorsque nous atteignîmes la veranda. J'avalai deux brèves rasades de tequila afin de me calmer.

José était agité également, ce qui lui était inhabituel. Pour je ne sais quelle raison le fait de le voir nerveux m'apaisait.

— Qu'on ouvre cette putain de porte, qu'on a faim ! hurlait Rafer en bafouillant affreusement.

High Pockets émit un de ses gémissements qui se ponctuait par un aboiement.

— Chut ! fis-je.

— *Si,* approuva José. *Silencio !*

Je pris une profonde inspiration et sonnai trois fois. José se signa.

9e PARTIE

La porte s'ouvrit brusquement. Le père de Tina nous dévisagea intensément. Une pipe éteinte à la bouche. (Je l'avais prévu.) Il cligna plusieurs fois des paupières en me voyant, moi et ma troupe bigarrée de vrais Banditos Quêteurs. Il semblait définitivement frappé de mutisme. Sous l'effet de ce véritable choc je lui rendis son regard ébahi : des électrons gravitaient à la vitesse de la lumière quasiment, autour de la tête du père de Tina. En un éclair je me demandai si les autres remarquaient ce phénomène.

Quelques secondes durant personne ne prononça un mot. Je me figurais que l'on se trouvait impliqués dans une sorte d'étrange Largage Sub-atomique. Puis cela eut lieu : il parla. Je cherchai le Sens Caché de son propos, mais sans succès. Voilà ce qu'il avait dit :

— Que puis-je faire pour vous ?

Pour finir, j'en concluais qu'il n'y avait pas de Sens Caché. Il était tout simplement poli. *Bien élevé.*

Ainsi était-ce à ce type que j'avais pendant des mois expédié d'étranges missives, des messages issus d'un Point de Vue du Monde virtuellement brisé en éclats. (Souvenez-vous de ce qui est arrivé à Tom et à Gary.) Et par la Grâce de Dieu, il m'avait répondu, « encouragé », invité à dîner par le truchement des annonces codées publiées dans l'*International Trib.*, le *San Francisco Chronicle.*

J'avais risqué ma propre vie dans des Places Fortes Banditos déchirées par la guerre, dans des jungles infestées de prédateurs afin de rencontrer cet homme et mettre à l'épreuve son intelligence, trouver l'indice ou même la vague métaphore qui pût panser ma vision blessée et sanglante du « C'est tout ce que ça veut dire. » Le père de Tina se trouvait en présence d'un type angoissé à mort et tout ce qu'il trouvait à lui dire, c'était :

— Que puis-je faire pour vous ?

— PUTAIN — UN PEU QUE TU PEUX, hurlai-je, débouchant de leur merde toutes les oreilles internes approchantes.

10e PARTIE

Il y eut folle mêlée. Le père de Tina claqua la porte et l'a verrouillée avant que nous ayons pu broncher. J'étais un peu ahuri. Les choses ne tournaient pas comme je les avais prévues.

Tout autour de moi les Particules Sub-atomiques sifflaient à travers le Continuum, certaines entrant en collision avec d'autres pour en former de nouvelles, plus colorées. Quelques-unes libéraient de l'énergie, d'autres en absorbaient. Elles étaient — je ne l'ignorais pas — en train d'obéir à un Code de Conduite Sub-atomique qui dépassait les limites de l'intelligence humaine. Un Code de Conduite qui transcendait l'absurdité de l'éthique et de la logique courante d'un Point de Vue du Monde Humain. Un Code de Conduite qui intégrait le hasard et le chaos dans une anti-philosophie intrinsèquement paradoxale. Leur aptitude à approcher la vitesse de la lumière et de ce fait à bricoler l'Espace-Temps me rendait un tantinet jaloux.

Je regardai José. Je vis un Tempérament Bandito Explosif faire un pas en avant. Je plongeai donc à couvert, hurlant à Rafer et à High Pockets de m'imiter.

— Aïe-ii-aah !

Le Cri Bandito que José réservait pour ces circonstances où étaient exigés force et courage surhumains.

José traversa la porte comme un rayon X passe au travers de molybdène. Le verrou se désintégra, un gond sauta. Rafer, High Pockets et moi-même entrâmes. José remit la porte en place et pénétra à notre suite dans la salle de séjour.

Aux côtés du père de Tina se tenaient Tina et sa mère qui se ressemblaient énormément. Lui n'avait pas l'air aussi Sub-atomique que lors de son cours à l'Université. Il avait tout simplement l'air d'avoir un peu peur. Lorsque la mère de Tina aperçut José elle s'évanouit aussitôt[1]. Tina hurla puis elle s'empara d'un lourd cendrier qu'elle lança dans ma direction — ce qui en disait passablement long. Elle avait senti que j'étais responsable de la Divulgation de son Point de Vue du Monde Nymphomaniaque tel qu'en lui-même.

Une fois que j'eus évité le cendrier aéroporté elle se saisit d'un autre bibelot avec une intention plus agressive mais Rafer l'empoigna et la maîtrisa. La Fureur et la Frustration Sexuelle l'affolaient tant qu'il fût obligé de la ligoter et de la bâillonner[2].

1. Visiblement depuis le braquage elle avait dû être victime de Cauchemars Banditos.

2. Ainsi en allait-il : Tina n'avait pas cessé de se mettre sur le dos

Ensuite lui et High Pockets se précipitèrent dans la cuisine d'où s'échappèrent aussitôt des bruits de zoo à l'heure du repas. José pressa le canon de son 45 contre la tête de Tina, le conduisit jusqu'à la table de la salle à manger et lui indiqua d'y prendre place.

Il s'exécuta. José se cala sur la table, entama notre dernière bouteille de tequila et en offrit une tournée au père de Tina. Il secouait la tête. L'homme était pétrifié.

Je m'installai en face de lui et contemplai le vol bourdonnant des électrons autour de la tête telles de Laborieuses Petites Abeilles Sub-atomiques.

— Je suis Mr. Quark.

— J'ai de l'argent, répondit-il le souffle court. Je vous en prie, ne faites pas de mal à ma famille.

— Je suis Mr. Quark, répétai-je avec patience. Mes associés et moi-même sommes là en réponse à votre invitation.

— Il... Il doit s'agir d'une erreur.

— Il n'y a pas d'erreur.

Je tirai une liasse de feuilles de la poche de mon pantalon et entrepris de les trier. Une par une, je disposais devant lui les annonces classées qu'il nous avait destinées.

— Euh... Je... Je ne sais rien de tout ça.

José voulut se faire expliquer ce qui se disait. Tandis que je le lui expliquais Rafer et High Pockets furent de retour, des T-bones steaks à la bouche. Rafer tenait

---

et son père confisqua son nouveau diaphragme après qu'il eut reçu un soir un coup de fil du *Crisco Disco West* où Gary, vociférant, ivre, vendait la mèche sexuelle. Encore un nouvel exemple de quelque chose.

une poignée de salade dans une main et un autre steak saignant dans l'autre.

— Tuer, j'veutuer, faisait-il au père de Tina.

— Oh, Mon Dieu, supplia ce dernier, je vous en prie ne me tuez pas.

J'avais la tête ailleurs, je ne relevai pas, poursuivis :

— Que s'est-il passé avec mes lettres, demandai-je m'efforçant d'ignorer le Foutoir Sub-atomique qui faisait irruption dans tous les coins.

— Attendez une minute, fit le père de Tina qui venait tout juste de tenter l'expérience du « Ah, Ah, vous êtes le Fou d'Amérique du Sud ! ». Il pâlissait de frayeur.

— Je veux dire, euh... la personne d'Amérique du Sud.

— Oui, fis-je. C'est moi.

Je sentais monter la nausée. Quelque part quelque chose clochait.

— J'ai fait passer une annonce dans l'*International Herald Tribune* il y a quelques mois suivant vos instructions. Je vous demandais de me laisser tranquille, moi et ma famille.

Il disait ça comme pour m'amadouer. En fait il ne réussissait qu'à accroître l'intensité du Bombardement de Particules Sub-atomiques dont je faisais l'expérience. Et il poursuivait sa dévastatrice péroraison !

— J'ai demandé au bureau de poste de ne plus me délivrer le courrier timbré en Amérique du Sud. Ces lettres bouleversaient mon épouse. Cela fait six mois que je n'ai plus reçu de ces lettres[1]. Je suis navré si...

1. D'un seul coup le père de Tina invalidait la Théorie de la Simultanéité de la Place Forte Bandito et le concept du Bandito Rampant.

— Taisez-vous, je vous en prie, il faut que je reprenne mes esprits, fis-je entre mes dents.

J'étais en sueur.

— J' veutuer.

Rafer respirait avec peine, il but une goulée de la bouteille qui se trouvait sur la table.

— *Que paso ?* faisait José.

Je lui expliquai ce qui se passait. Il devint blême. Chose que jamais il ne m'avait été donné d'observer auparavant chez lui. Puis je remarquai autre chose : des électrons encerclaient la tête de José tout comme ils encerclaient celle du père de Tina. Un électron passa de la tête du père de Tina à celle de José. En théorie cela aurait dû bouleverser les propriétés propres à ces deux têtes. Mais je fus incapable de mener plus loin le cours de ma pensée. Ce nouveau développement était trop perturbant.

Dans mon désespoir je me tournai vers Rafer espérant qu'il allait trouver la chose qui me permettrait d'enchaîner de : « Si le père de Tina n'avait pas fait paraître ces annonces » à « alors qui ? »

La réponse survint sous la forme de furieux coups de poings donnés contre la porte.

José se banda.

High Pockets gronda.

Le père de Tina gémit.

Rafer fit Ouaouh !

Je fus frappé par quelques millions de Particules Subatomiques.

La porte s'ouvrit brusquement en s'arrachant de son dernier gond et tomba par terre.

Jim, Robert, Flash et Aileron firent irruption dans la pièce. Niqués au plus haut point comme je ne les avais encore jamais vus.

High Pockets et Aileron tout joyeux de ces retrouvailles canines. Et José tellement stupéfait qu'il négligea complètement le père de Tina. Il traversa le salon en poussant son deuxième Cri Bandito de la soirée. La mère de Tina refit brièvement surface ; elle jeta un coup d'œil sur les nouveaux invités et leur préféra l'évanouissement.

Tina me destina un regard diabolique — j'étais heureux qu'elle fût ligotée. Un jour il faudrait que je lui fournisse l'explication de tout ceci.

Rafer, Dieu le bénisse, avait perdu connaissance, tête contre le rebord de la table de la salle à manger, mais tendue vers la tequila.

Le père de Tina était en hyperventilation. Il s'était lamentablement effondré dès lors qu'il s'agissait pour lui de mettre quelque chose dans sa propre perspective. Je me promettais d'essayer de mieux faire.

Je tenais à l'œil la Douche de Particules Subatomiques au milieu du salon. Trop désorienté pour répondre à la brusque irruption de Jim, Robert, Flash et Aileron. Par ailleurs je pressentais imminente une nouvelle déflagration.

Je regardai Robert. La première chose que je remarquai fût qu'il portait le smoking. Chose que je n'avais vue auparavant. Une grenade dans une main et une bouteille de Grand Marnier dans l'autre, il avait perdu toute faculté de tenir un discours cohérent mais s'efforçait de soutenir en dépit de tout une conversation avec José. Flash, High Pockets et Aileron s'ébattaient ensemble. A cause de la quantité et de la qualité des trous dans leurs tenues, je serais bien incapable de dire ce que Flash et Jim portaient sur le dos. Jim s'approcha au travers du Voile Sub-atomique multicolore, et souriant derrière une Aura Electronique vibrante, il s'installa face à moi.

— Salut Sport ! fit-il, ou bien dois-je t'appeler Mr. Quark ?

— C'était vous les gars pendant tout ce temps-là, réussis-je à faire.

— On a trouvé ta cabane à peu près une semaine après ton départ avec José. D'après les notes et le matériel que vous aviez abandonnés on a deviné que vous viendriez ici. C'était pas bien prudent de laisser toutes ces traces derrière vous. Excuse-moi.

Il se pencha et vomit par terre. Il regarda le père de Tina et haussa les épaules.

— On est donc venus ici et on a soudoyé des employés des postes pour qu'ils nous refilent toutes enveloppes grassement timbrées latinos. Puis on a filé à Mexico et on vous a traqués comme des fous en avion avec les cachets de la poste pour carte de navigation.

— Un Beech 18, grognai-je.

— Exact. José a failli nous descendre avec sa putain de mitraillette.

Je sentais céder sous moi les fondations de mon Point de Vue du Monde.

— On savait que si tout ça marchait pas on pourrait toujours te coincer ici avec tes dingues. On t'a comme téléguidé jusqu'ici avec ces annonces du *Trib*.

Je laissai échapper un gémissement. Un Gémissement Sub-atomique si ça se trouve.

— Qu'est-ce que c'était que toute cette poubelle de

Sous-jacence, hein, quel rapport avec la réalité ? Poubelle, répétai-je.

— On pouvait pas t'abandonner comme ça, toi et ce vieux José. Vous êtes des frères pour nous, les gars.

— *Creveaplat !* hurla Robert depuis la salle de séjour.

Il avait fait surgir deux autres grenades et se livrait à son numéro de jongleur. José tenait le Grand Marnier de Robert.

Je me retrouvai dans un état contemplatif devant une coupe de fruits posée au milieu de la table de la salle à manger de la famille de Tina. L'on y comptait deux pommes, une pêche et une banane radioactive. J'essayai de me souvenir de la vie d'une moitié de banane radioactive mais ma mémoire flancha.

Alors une seconde je songeai au vieil Indien, au Señor Rodriguez, au Colonel Menendez, à Tom et à Gary. Je jetai un coup d'œil sur Rafer, Dieu le bénisse, puis sur Tina, sur la mère de Tina, et enfin sur le père de Tina. Je me demandai où se trouvait Ruth, la sœur de Tina — était-elle toujours exclue de cette vie de famille ? L'idée me traversa l'esprit qu'au bout du compte Ruth était sans doute à l'origine de tout ceci.

Je me sentais très seul.

Jim agita le pouce dans la direction du père de Tina.

— Qui c'est ce con de crétin ? (Il secoua la tête.) Moi et Robert, on va être obligés de vous affranchir sur les bords.

Il laissa tomber quelques grammes de coke sur la table, ouvrit son cran d'arrêt automatique, se mit à hacher et me passa un joint, un joint âcre et épais.

— Allume cette suceuse, me fit-il.

Flash poursuivit High Pockets et Aileron à travers le salon.

Tina me regardait avec malveillance. Je fus obligé de détourner les yeux. Quoiqu'elle pût penser, elle était sûrement dans le vrai.

Rafer toujours sans connaissance se mit à ronfler.

Le père de Tina implorait José du regard. Ce type m'avait définitivement déçu. Même les électrons le laissaient tomber.

— *Castronocubasi !* hurla Robert en jetant quelque chose dans la cuisine.

José allait chancelant dans la salle à manger ; il tomba évanoui sur la table.

Finalement il revint à lui.

— C'est ton tour, me dit Jim.

Dans la cuisine, il s'avérait que c'était une grenade qu'avait balancée Robert. Elle explosa en cet instant-là. Je fus touché par des débris volants et perdis conscience.

ÉPILOGUE

Je sens que je dois fournir quelques explications.

Comme je l'ai déjà indiqué deux mois ou pas loin se sont écoulés depuis l'escapade à Sausalito et je viens à peine de me remettre du traumatisme qui s'en était suivi. Bien que j'ai réussi à mettre un certain nombre de choses dans leurs propres perspectives, il me reste bien du chemin à parcourir.

J'écris ces mots sous la véranda de notre villa à Risohacha, Colombie. La vue est superbe et nous sommes tous à nouveau riches de façon grotesque. Je pressens qu'un jour ou l'autre, à nouveau nous serons pauvres, tous, puis riches à nouveau, etc.

Quoiqu'il en soit, nous allons tous mourir et plus rien de tout ceci n'aura d'importance. Je trouve drôle que très peu de gens voient la vie de cette façon[1].

J'étudie toujours le cosmos, mais les conclusions que j'ai dû arrêter cette nuit-là à Sausalito ont balayé mes

1. C'est l'autre fin de l'Extrait du Journal de Voyage de la page où j'explique que le vieil Indien en avait fini avec son jeûne. A ce moment-là je vous contactais depuis le futur qui est maintenant le présent. Et ce fut hier que je rendis visite au vieil Indien dans son trou en altitude.

voiles sub-atomiques (remarquez que je n'écris plus sub-atomique avec une Majuscule). J'ai tout pris beaucoup trop au sérieux, j'ai par voie de conséquence sombré dans le désespoir quand j'ai découvert que j'étais un clown dans un cirque plus immense et moins compréhensible. J'ai péché par orgueil en m'imaginant maître de manège de quelque chose. Je suis convaincu que plus les cirques s'agrandissent ou rétrécissent, moins ils sont insaisissables et certainement de plus en plus absurdes jusqu'à ce que Dieu maîtrise, seul, la plaisanterie.

Essayer de saisir la nature profonde de la réalité en est un exemple dans un sens, et essayer de saisir la place de l'homme dans l'univers, un exemple dans l'autre sens. Je ne m'essaye plus ni à l'un ni à l'autre, mais j'aime toujours en parler parce que ça me donne l'impression d'être intelligent.

En faisant mienne cette attitude j'ai cessé de risquer la folie à la pensée d'être un pitre. Une autre chose m'amuse chez la plupart des gens, c'est de les voir exaspérés lorsqu'ils ont l'idée de se découvrir pitres.

La vie que j'ai menée autrefois jusqu'à l'obsession de nouvelles drogues était exemplaire d'une existence en harmonie avec cette ambiance de cirque qui déguise l'humaine condition. C'est la philosophie de Robert et de Jim. Ce sont d'authentiques clowns Zen. J'en ai la preuve. La voici : si j'essaye de leur expliquer ça, ça les fait rire.

L'essence de la sagesse est sans doute de ne pas y penser. Rafer, Dieu le bénisse, l'a toujours su. Il est ici en notre compagnie à Riohacha et soit dit en passant il est aussi riche, de façon grotesque. Il a fait la preuve qu'il était inimitable dans l'organisation de nos criminelles activités, et également un maître pour placer les choses dans leurs propres perspectives.

Quand elles ne sont pas exactement telles que nous les avions prévues, il sourit, stoïque, et fait :

— Ouaouh.

José dit :

— Raaah !

Généralement je formule quelque chose comme :

— Putain de bordel de merde.

J'ai un tas d'explications à fournir.

Je devrais sans doute expliquer de quelle manière tous nous sommes revenus à Riohacha et nous y trouver tous riches de façon grotesque, mais je ne fournirais que quelques points de repère — les voici :

A Miami, Jim et Robert après avoir été traqués par les agents Fédéraux n'avaient pas passé la nuit en prison. Robert avait en main une carte maîtresse et ce depuis des années — il avait décidé que le moment était venu de la jouer. Il s'agissait de documents, d'enregistrements chapardés au Département d'Etat dans les années 70 lorsqu'il y travaillait pour Nixon et sa bande de minables. Il avait mis à l'abri des copies dans plusieurs coffres qui ne devaient être ouverts qu'à la mort de Robert ou bien qu'à son incarcération. A l'heure qu'il est, tout le monde à Washington se sent concerné par l'état de santé et la bonne forme de Robert.

Comme je le soupçonnais plus ou moins, c'était Jim et Robert qui avaient informé les autorités de mon fictif passé de terroriste provoquant ainsi par légèreté la mise à sac de l'Empire Colombien de José au bénéfice d'un Seigneur de la Dope Rival et rancunier. Ils avaient fait ça pour rire bien sûr, sans imaginer les conséquences possibles. Ainsi que le lecteur averti l'aura déjà compris cette plaisanterie d'écervelé a été l'ultime domino dans la réaction en chaîne qui entraîna un nombre incalculable d'événements étranges dans la vie d'un nombre incalculable de personnes. Le braquage par José de la famille de Tina, et toutes ses ramifications (sans doute un nombre infini d'entre elles), n'en constitue qu'un exemple [1]. J'ai tendance à me pencher là-dessus chaque fois que j'ai l'audace de croire que j'ai quelque chose à dire sur quoi que ce soit.

Robert a exigé que nous soit restitué notre Learjet, puis il a partagé les 890 000 dollars qu'on s'était fait avec les Feds qui l'avaient appréhendés, lui et Jim. C'est une pratique courante, et pas plus les Flics que les escrocs n'y voient là un préjudice.

Puis Robert et Jim passèrent quelques jours à Miami avec les Feds et Eduardo. Après avoir dépensé pratiquement ce qui restait en liquide, ils poussèrent jusqu'aux Iles Caïmans où ils réussirent à se souvenir dans quelle banque étaient déposés nos deux millions de dollars. Le retrait effectué, ils se lancèrent à notre recherche ; celle de José et de moi-même. Tout ça a trouvé sa fin bien sûr par cette affreuse nuit à Sausalito.

Après que Robert eut fait exploser la maison de la famille de Tina (pour on ne sait quelle raison, personne ne fut sérieusement blessé), nous avons quitté Sausalito et retrouvé Harry et le Lear qui nous attendaient sur un aérodrome non loin de Novato. (J'étais toujours

1. S'il n'avait pas été victime d'un revers de fortune, José ne se serait jamais amusé à braquer quiconque. (Cette note en bas de page vise le lecteur un peu lent.)

inconscient, il s'agit donc d'une information de seconde main).

Puis nous nous sommes envolés pour New York et y avons entrepris de retrouver George. George avait emménagé dans un nouvel entrepôt, mais question affaire rien n'avait changé. Et nous avons eu de la chance. Une livraison spéciale venait d'être faite : pistolets-mitrailleurs. Mac 10, AK-47, lance-roquettes. Nous en avons acheté pour près d'un million de dollars et commencé à organiser un violent Assaut Bandito sur Riohacha afin de remettre la main sur l'Empire de José et de le rétablir dans ses droits de Seigneur de la Dope Pleine Charge.

Pendant ce temps, Flash et Aileron s'étaient envolés pour les Bahamas afin de prendre livraison du DC 4 que les gars avaient acheté pour transporter toutes les marchandises qu'il serait nécessaire de transporter.

Pour finir, ça a été du gâteau de récupérer l'Empire de José. Son rival se révélant un Seigneur de la Dope Nul. A Riohacha José avait manqué à tout le monde tant il y était pleinement considéré comme un Seigneur de la Dope Pur Sucre. Nous avons levé une armée de plusieurs centaines d'Indiens Guajirans et de Banditos Nostalgiques et sommes entrés dans un Riohacha qui n'opposait aucune résistance. Le Seigneur de la Dope Nul s'est enfui comme un voleur et n'a plus fait parler de lui depuis.

Flash et Aileron ont effectué pour nous plusieurs vols couronnés de succès à bord du DC 4, et je suis devenu l'amiral de notre petite Marijuana Marine.

Et les choses sont plus ou moins revenues à l'anormal. José et moi-même tenons pour les Banditos que ça intéresse des séminaires improvisés sur les Nouvelles Drogues mais, comme je l'ai déjà mentionné, nous ne prenons plus tout cela très au sérieux. Mieux vaut vivre simplement la vie d'une destinée sub-atomique que de finir à moitié fou à ne rien faire. C'est, à mon avis, le problème avec ces soi-disant philosophes. Ils ne *font* jamais rien.

J'ai expédié une substantielle somme d'argent au père de Tina pour couvrir les frais de renconstruction de leur maison et payer les soins psychiatriques de la mère de Tina. Et c'est une coïcidence, la mère de Tina occupe à présent la chambre voisine de celle de Tom dans une clinique psychiatrique à Marin County. Je le sais parce que je règle également les frais d'hospitalisation de Tom. Personne dans la famille de Tina ne sait qu'il séjourne dans cette clinique ni pourquoi il s'y trouve. Ce qui est encore un nouvel exemple de quelque chose.

J'ai envoyé au pauvre Gary une lettre lui expliquant le pourquoi du comment, lui demandant de me pardonner pour les désagréments que j'ai pu lui infliger[1]. Je lui ai précisé que si ma visite entraînait chez lui des suites psychiatriques, médicales il pouvait faire passer une annonce dans l'*International Herald Tribune* adressée à Mr. Quark (pourquoi non ?), en indiquant le nom du médecin ou de la clinique et le montant de la note — je la réglerai. Puis je lui ai dit que José lui témoignait tout son amour (mensonge, bien sûr), et j'ai signé[2].

Si le lecteur trouve incroyable (et sans doute immoral), que cette histoire connaisse une fin heureuse, il n'est pas le seul. Moi aussi je suis abasourdi. Quant à

1. Quant au : oui ou non l'homosexualité est-elle une difficulté, je ne peux que spéculer.

2. Environ deux semaines après l'envoi de cette lettre à Gary, une annonce destinée à Mr. Quark *figurait* dans l'*International Herald Tribune*. Le contenu du message cependant était inintelligible.

ceux qui estiment que mes associés et mes bouffonneries criminelles ne sont qu'une perversion du bien et du juste, qu'ils reprennent courage. Il y a de bonnes chances pour que je finisse de façon atroce (je présume que ma mort aura quelque chose à voir avec Robert et son intérêt pour les explosifs). Mais aux yeux du lecteur et aux miens, se retrouver obsédé par cette probabilité signifierait que nous avons loupé quelque chose quelque part en route, bien que j'ignore absolument quoi.

A ce sujet, je devrais sans doute signaler que je connais absolument pas la nature du message, si toutefois il existe.

Ça a certainement quelque chose à voir avec la manière dont les choses se passent et avec la perception que nous avons du comment et du pourquoi les choses se passent ainsi. C'est également, bien sûr, l'intuition du trafiquant de Marijuana tout autant que la façon par laquelle les affaires sont conduites par ceux qui les conduisent. Si quelqu'un est à même de déchiffrer le message de cette dimension de l'histoire, s'il lui plaît, qu'il me contacte par le biais de l'*International Trib.* suivant la méthode prescrite. José et moi-même serions très heureux de l'entendre là-dessus.

Puisque tout est dit, puisque tout est accompli, que toutes clameurs, morales, philosophies se sont tues, je me dis que cette histoire est simplement un autre exemple de quelque chose.

La tentative pour comprendre l'univers est une des seules choses qui élève la condition humaine de la farce à l'art de la tragédie.

(Steven Weisberg. Lauréat du Prix Nobel de Physique, 1979.)

A propos de l'auteur

On ne sait pas grand-chose de A. C. Weisbecker et A. C. Weisbecker souhaite en rester là.

*Cet ouvrage a été composé
par l'Imprimerie Bussière.
Reproduit et achevé d'imprimer sur Roto-Page
par l'Imprimerie Floch à Mayenne
le 9 décembre 1991.
Dépôt légal : décembre 1991.
Numéro d'imprimeur : 31650.*

ISBN 2-07-049288-5 / Imprimé en France.

54672